美獣の領主に囚われた乙女

水島 忍

Illustration
旭炬

この作品はフィクションです。
実在の人物・団体・事件などに
一切関係ありません。

CONTENTS

ルーファス
ライラ

美獣の領主に囚われた乙女

登場人物紹介

序章

そこは、人を食《く》い殺す獣《けもの》の領主が棲《す》んでいると言われる館《やかた》だった。

中でも好《この》んで食らうのは、純潔《じゅんけつ》の乙女《おとめ》だと……。

本当なのかしら。ただの噂かもしれないわ。領主様が獣だなんて、そんなことあるわけないもの。

ライラは、震える手で自分のわずかばかりの荷物を胸に抱《かか》えて、その領主館の裏口へと足を踏み入れた。

領主館はお城のような古めかしく大きな建物で、ライラにしてみれば、家という概念《がいねん》を超《こ》えていた。村落の西に位置する場所に建っており、村ではいつもこの館の不気味な外観《がいかん》を見ることができた。

もう夕刻で、薄暗い。しかし、ライラはこの時間に来るようにと言い渡されていたのだ。

石造りの外壁は蔦《つた》にまみれて、非常に恐ろしい有様《ありさま》になっていたが、中に入ると、意外とそこまで悲惨《ひさん》ではない。少なくとも、蜘蛛《くも》の巣が張っていたり、埃《ほこり》まみれというわけではない。床も綺麗に磨《みが》かれているのが判って、ほっとする。

とはいえ、ここは召使《めしつか》いの出入り口なので、この館全体がどういうことになっているかは判らなかった。

「さあ、こっちだよ」

ライラを招《まね》き入れた女中に導かれて、奥へと進んでいく。召使い達の居間《いま》で待つように言われて、ライラは粗末《そまつ》な木のテーブルについた。同じく木の椅子には薄いクッションが置いてある。

ほどなく、厳《いか》めしい顔をした痩《や》せぎすの中年の家政婦がやってきた。この館は彼女が取り仕切っているのだろうか。ライラは立ち上がり、スカートを両手でつまんで頭を下げた。

「あなたが村から奉公《ほうこう》にやってきた娘ね？　名前は？」

彼女の冷ややかな口調に驚きながらも、ライラはおずおずと答えた。

「ライラ・フェルトンです。父は村の牧師《ぼくし》をしておりまして……」

「ああ、別にそんなことはいいわ。歳《とし》はいくつ？」

鋭い声で遮《さえぎ》られた。獣の領主に捧《ささ》げられる生贄《いけにえ》として大丈夫かどうかという質問をされたような気がして、ライラは一瞬、怯《ひる》んだ。嘘をつこうかとも思ったが、ついたところで意味はないだろう。

「十八です」

「丈夫そうだし、いろいろ使えそうね」

一体、なんに使えるというのだろうか。やはり、自分は生贄として領主に捧げられるのかもしれない。領主から奉公する娘を差し出せと命令された村では、そんなふうに言われていた。だから、牧師の娘であるライラがその役目を押しつけられてしまったのだ。

わたしだって、獣に食い殺されたくないのに……。

それでも、やはり来ないわけにはいかなかった。誰かが行かねばならないのだ。村中の人、とりわけ父や二人の姉に懇願《こんがん》されて、自分はここに来る羽目《はめ》になった。

ライラはじろじろ眺《なが》められて、身が竦《すく》むような思いがした。品物を見定《みさだ》めるような目で、彼女が見てくるからだ。

はしばみ色の瞳を持ち、薄茶色の長い髪をリボンでひとつに縛り、粗末《そまつ》なドレスを身につけている。恐らく、なんの変哲《へんてつ》もない村娘だ。器量《きりょう》よしでも、その逆でもない。

「仕事を始める前に、領主様があなたに会いたいそうだから」

あっさり言い渡されて、ライラは思わず悲鳴を上げそうになった。

「り、領主様が……？」

「普通の領主様はいちいち奉公する娘なんかに会わないけど、うちの領主様は少し変わっていらっしゃるから」

乙女を食い殺すという噂なのに、変わっているの一言で済ませてもいいのだろうか。

「で、でも、わたしは……あの……領主様には……」

家政婦は妙《みょう》な目つきでライラを見た。

「いいから、さっさと会いにいくのよ。ほら、こっちだから」

家政婦が先に立って歩くので、ライラはついていかないわけにはいかなかった。領主の噂が本当であるにしろ、会っていきなり食い殺されることはないだろう。恐らくは。

それでも、ライラは怯《おび》えながら、家政婦についていった。どうせ逃げられないのだから、どうにか、ここで上手くやっていくしかない。領主に食い殺されないように気をつけながら。

家政婦は立派な扉の前に立つと、姿勢を正し、もったいぶった態度でノックをした。

「入れ」

くぐもった低い声が聞こえた。

ライラはぞっとした。それが地の底から聞こえてくるような声に思えたからだ。

扉が開かれる。家政婦はライラに入るように促した後、扉を閉め、去っていった。

この部屋は書斎だった。壁が背の高い本棚で埋め尽くされている。もちろん立派な蔵書の数々がその中に収められていた。紺色の絨毯《じゅうたん》、重厚《じゅうこう》な机に椅子、それから、あまり座り心地のよくなさそうな古い長椅子などが置いてあり、全体的に暗い雰囲気だった。カーテンの色もくすんだ深紅色を基調としていて、それが半《なか》ば引かれているので、夕刻という時間帯でもあり、かなり暗い。

ライラは窓のほうを向いている背の高い男性を見つけた。

胸がドキドキしてくる。

彼こそが『獣の領主様』だ。間違いない。丈《たけ》の長い黒い上着に黒いズボンを身につけている。どちらも上等な生地《きじ》と仕立てのものだ。

「り……領主様……。この度、奉公に上がりましたライラ・フェルトンと申します」

ライラはスカートを摘《つま》んで、腰を下げ、頭も低く下げた。今までこんな身分の高い相手に会ったことがなく、この挨拶で正しいのかどうかも、よく判らない。しかし、なんとか彼の怒りを買わないようにと願っていた。

だって、食い殺されてしまうかもしれないんだもの。

「ライラか。顔を上げろ」

「はい」

恐る恐る顔を上げた。すると、彼がこちらを向いているのが目に入る。

彼の顔面はなんと恐ろしい狼《おおかみ》の顔だった。顔中、黒灰色の毛に覆われ、鼻が犬のように突き出し、口からは白い牙《きば》が見えている。

ライラは蒼白《そうはく》になりながら、よろよろとあとずさった。悲鳴を上げたいが、声が出てこない。ただ胸に手を当てて、彼の顔を凝視《ぎょうし》するしかなかった。

わたし……食べられてしまうの？　この狼に？

「心配しなくていい。これは仮面《かめん》だ」

「か、仮面……？」

ライラは目を見開いて、よく彼の顔を見た。確かに、本物の狼の顔ではなく、作り物のようにも見える。

でも、彼はどうして狼の仮面なんかつけてるの？

一時的な恐慌《きょうこう》は収《おさ》まったものの、ライラはまだ恐ろしかった。彼は獣のような魂を持っているから、獣の仮面をつけているのかもしれない。

「顔が真っ青だ。そこの椅子に座るんだ」

急に眩暈《めまい》がしてきた。そこの椅子とは、どこの椅子のことだろうと思っているうちに、彼がこちらに向かってくる。その恐ろしい獣の仮面が近づいてくるのを見て、ライラは更にあとずさろうとして、何かにつまずいた。

小さな悲鳴を上げて、無様《ぶざま》に倒れ込みそうになった。が、彼に抱きとめられる。

彼の顔が近くにある。ライラは恐怖のあまり叫び出そうとした。

「待て。私はちゃんとした人間だ」

素早く彼は仮面を外した。

そこに現れた顔は、獣なんかではなく、人間のものだった。それも、まだ若い。三十歳手前くらいだろう。薄暗い部屋の中でも、これだけ近くであれば、はっきりと判る。

輝く金褐色《きんかつしょく》の髪は肩まで届き、紺色《こんいろ》の瞳は鋭い光を放《はな》っていた。鼻筋はまっすぐで、口元は頑固《がんこ》そうに引き結ばれている。驚くほど美しい顔だったが、ただ一箇所だけ無残《むざん》なところがあった。

それは、左頬に走る痛々しい傷跡だった。頬骨《ほおぼね》の辺りから縦《たて》に一筋走る傷跡は、刃物《はもの》で斬《き》られた跡だろうか。ライラは呆然として、彼の顔を見つめていると、彼はふっと唇を歪《ゆが》めて笑った。

「獣の仮面のほうがマシか？」

そんなわけはない。獣の仮面より、人間の顔のほうがずっといい。

ライラは急いで首を横に振った。

彼は立ち上がり、ライラも一緒に立ち上がった。掃除をしているときでなければ、床に這《は》いつくばる趣味はない。

「そうか？　だが、誰でもこの傷跡を見れば、目を背《そむ》ける。だから、私は自《みずか》ら仮面をかぶって、人の目に触れないようにしてやっているんだ」

目を背けたくなるのは、きっと彼の顔の中で、その傷跡だけが異質だからだ。その跡さえなければ、完璧な顔立ちなのに、と。

「わ、わたしは……仮面より、人間の顔のほうが好きです！」

思わず本音を洩《も》らしてしまい、ライラは顔を赤らめた。彼は眉《まゆ》を上げて、ライラをしげしげと見つめてきた。

「おまえは変わっているな」

「そうでしょうか。獣の仮面などつけて、ここで働く人達はわたしのように怖がらないのですか？」

彼は肩をすくめた。

「私は昼間は滅多《めった》に人前に出ない。つまり、召使いがこの仮面を目にする機会も、ほとんどない」

「それならどうして……わたしにお会いになりたいと……？」

「この館に足を踏み入れる者は、必ず自分の目で見ておくことにしている。私は誰も信用しないからな」

彼の目は無情な光を放った。

彼は……やはり獣なのだ。仮面をかぶっているうちに、心までもが獣になってしまったに違いない。人間を信用できず、仮面の中から、そして暗闇の中から、いつもこちらを窺《うかが》っているのだろう。

「で、でも、わたし、ほっとしました」

「ほっとした？　何故《なぜ》だ？」

彼は苛立《いらだ》たしげな表情になった。

「食い殺されることはないんだって判ったから」

彼はあっけに取られた顔をして、それから大声で笑い出した。

「おまえはおかしな娘だ。私に食い殺されると思っていたのか？」

「村では『獣の領主様』は人を食い殺すと……。だから、わたしは生贄にされるような気持ちで、ここへ来たのです」

大声で笑われて、気分を害したライラは、村の噂を披露《ひろう》した。それを聞いて、彼は大声で笑うのをやめ、今度は皮肉《ひにく》めいた笑いを口元に漂《ただよ》わせた。

「なるほど。獣の領主か……。確かに、そういう噂をされてもおかしくないだろうな。それで、おまえは食い殺される覚悟ができていたのか？」

彼ににやにやと笑われて、ライラはムッとした。

「覚悟なんてありません。お館に奉公に上がれと言われても、そんな噂があるのに、誰も行きたがるわけはないでしょう？　わたしは牧師の娘ですから……」

「牧師の娘だから、貧乏くじを引いたのだな」

彼はライラの顎に手をかけて、自分のほうに顔を向けさせた。彼の瞳は美しいのに、眼光は狼のように鋭かった。

「ご立派なことだな。牧師の心優しき娘か」

「でも……本当に食い殺されなくてよかったと……」

「安心するのはまだ早い。本来の意味で食い殺す気はないが……清純な美しい乙女を食わないとは言い切れない」

ライラは彼の言葉の意味がよく判らなかった。食い殺すことはないが、食うかもしれないと脅《おど》している。どのみち、彼は人間なのだ。他の人間を食べたりしないだろう。

「領主様はわたしを脅そうとなさっているのですか？」

「脅す？　おまえのような生意気《なまいき》な娘は口に気をつけたほうがいい」

あっと思ったときには、彼の顔が近づいていて、唇が塞《ふさ》がれていた。

それだけでも驚きなのに、彼は強引《ごういん》に舌を差し込んできた。

嘘……。信じられない！　わたし、領主様にキスされてるわ！

ライラはキスしたことがなく、これは生まれて初めての経験だった。

今まで、牧師の娘として、清く正しく生きてきた。好きな人はいない。結婚する相手もいないから、キスなんかしたことがあるわけないのだ。しかし、彼はまるでライラが自分のものであるかのように、キスをしてきた。

これは……罰なの？

ライラは驚きのあまり、身体を強張《こわば》らせていた。最初は強引に舌を滑り込ませてきた彼だったが、気がつくと、舌の動きが優しいものに変化してきて……。

ライラは自分が今まで感じたことのない気持ちになってきた。よく判らないが、頭の中がふわふわとしてきて、浮ついた気分になってくる。身体からも力が抜けてきて、こんなことは本当に初めてだった。

初対面の男からキスされているというのに……。

ライラは彼に押しやられて、はっと我に返った。彼は馬鹿《ばか》にしたような笑いを、唇に張りつかせていた。

「キスすると、従順になるんだな。なかなか悪くない」

何を悪くないと言われたのか判らないが、なんとなく侮辱《ぶじょく》されたような気がした。しかし、領主である彼に、なんの文句が言えるだろう。キスされようが、何をされようが、抗《あらが》うことは許されないに決まっている。

「わ、わたし……」

「もういい。行け。おまえの仕事は家政婦が指示するだろう」

彼は冷徹《れいてつ》な眼差しをライラに向けると、再び獣の仮面をつけた。彼はその仮面の下に傷跡を隠しているつもりなのか。それとも、自分の本性が獣に近いからつけているのだろうか。

どちらにしても、ライラには関係ない。

自分はただ言いつけられた仕事をするだけだ。村の娘が誰もやりたがらなかった仕事を。

ライラは彼に向かって、再びお辞儀《じぎ》をして、書斎の外に出た。重い扉を閉めたとき、思わず溜息が洩《も》れる。

食い殺されることはなくても、彼はやはり危険な人物だ。

できれば、二度と会いたくない。彼はほとんど昼間は活動しないそうだから、ひょっとしたら、これからずっと会わずに済むかもしれない。

ライラはそう願いたかった。

第一章　獣《けもの》に汚された夜

ライラは狭い屋根裏部屋で寝起きすることになった。

だが、他の女中と相部屋《あいべや》でないのだから、その点は幸せなのかもしれない。誰かと一緒では眠れないといった繊細な感覚は持ち合わせていないが、相部屋ではやはり気を遣うからだ。年若い新参者《しんざんもの》なら、尚更《なおさら》だった。

ライラの仕事は、主《おも》に雑用だった。下働きの女中だ。様々な用事を言いつけられ、朝から晩まで駆けずり回ることになったが、それは今までのライラの暮らしに比べて、ひどいものだとは言えない。比較するなら、同じようなものだろう。

ライラが暮らしてきた牧師館は、館の東側に広がる小さな村落モカレンにあった。

この辺り一帯は温暖な地域で、作物もよく実り、適度に雨も降る。村の住人達にとっては住みやすい村でもあった。

ライラはこのモカレンで生まれ、十八年間ここで育ってきた。父は牧師で、姉が二人いる。母はライラが十二歳の頃に亡くなり、それ以来、牧師館の切り盛《も》りはライラが担《にな》うことになった。

長姉のエイラとは三歳違いで、次姉のマイラとは二歳違いだった。金髪と緑の瞳を持つ二人はとても美しく、母に似《に》て、村でも評判の美人姉妹だ。しかし、ライラだけは父に似ていたため、美しいなどと言われたことはない。

二人の姉は自分の美貌《びぼう》を何より大事にしていた。だから、ライラに家事をやるようにと言いつけたのだ。

もっとも、ライラは家のことをするのが好きだった。食事の用意をしたり、洗濯、掃除、他にもいろんな雑用がある。自分が誰かの役に立っているということが嬉しかったし、牧師館を管理しているという自負《じふ》もあった。

それに、姉達は牧師の娘として、村の裕福《ゆうふく》な家庭を訪問して、寄付《きふ》の約束を取りつけたり、村の行事に参加する仕事があった。彼女達はいつもそれが大変だと愚痴《ぐち》を零《こぼ》している。それに比べれば、自分の仕事など、家の中でできることばかりで、さして大変なものではなかった。

牧師の仕事に精力を費《つい》やしている父も、二人の姉のことは自慢に思っているのだ。ライラも家族の暮らしを快適にするべく頑張っていたのだが、その努力も大して評価されなかった。家の中の仕事は、やって当たり前ということなのだろう。

それとも、自分の努力が足《た》りないからなのだろうか。ライラはいつも自問自答しつつ、なるべく村の貧しい人達を訪問《ほうもん》しては、役に立てるように努力してきた。

ライラは村の人達が大好きだった。みんなが温かくて、優しくて、とても気さくな人達だと思っていた。たまに、姉達と容姿《ようし》を比較されて落ち込むこともあったが、それでも概《おお》ね、楽しい毎日だったと言えるだろう。

ところが、ある日、ライラの生活を一変《いっぺん》させるようなことが起こった。

領主様からのお達しで、村から若い娘を一人、奉公《ほうこう》に上がらせろというのである。

先代の領主は村人と交流があり、収穫祭《しゅうかくさい》のときなど酒を振る舞い、何か困ったことがあればきちんと対処してくれて、みんなに慕《した》われていた。しかし、先代は今の領主に何かの罪を着せられて、処刑《しょけい》されたのだという。もちろん、その家族も領主館から追い出された。

それだけでも恐ろしいことなのに、先代は今の領主の叔父《おじ》だったのだ。身内に冷酷《れいこく》な仕打ちをするのなら、村人にはどれだけ厳しい態度を取るのだろう。幸《さいわ》い新しい領主は村人と交流などしなかった。それから、村には噂が流れ出したのだ。

領主は獣の顔をしていると。そして、時々、若い娘を館に連れてきては、その肉を食らうのだと。

実際、獣の領主は夜ごと、村を馬で徘徊《はいかい》しているという話だ。夜中に蹄《ひづめ》の音が聞こえたら、彼が獲物《えもの》を物色《ぶっしょく》しているのだ。今のところ、村の乙女が食い殺されたという事件はないが、いつ起こってもおかしくないと言われていた。

そこへ、若い娘を奉公に上がらせろというお達しが来て、村人は混乱に陥《おちい》った。誰しも、獣の領主は恐ろしい。自分の娘を食い殺されたくはない。娘自身も怯《おび》えていた。だが、お達《たっ》しを無視するのも怖いのだ。

そこで、村人は思った。牧師の娘が三人いるではないか、と。聖職者の娘なのだから、みんなの犠牲になるべきだと考えたのだ。

そして、当然、そのお鉢《はち》は美人姉妹として名高い姉達ではなく、末娘のライラに回ってきたのである。父であるフェルトン牧師でさえ、それがいいと考えた。結局、どんなに頑張《がんば》って、家の中のことをしたとしても、自分は大して役には立っていなかったのだろう。

村人全員が、そして父と姉達が、自分が獣の生贄になることを望んでいる。

ライラは決して清《きよ》い心の持ち主というわけではなかったから、自分だけが犠牲になることを押しつけられて、嬉しくはなかった。しかし、誰かが行かなければならないのだ。だとしたら、役立たずの自分が行くより、仕方がないではないだろうか。

いっそ、村から逃げ出そうかと思ったが、現実的な考えではなかった。ライラはこの村で生まれ育ち、他の場所を知らない。女一人、逃げたところで、野垂《のた》れ死ぬだけだろう。

そんなわけで、ライラは怯えながらも領主館へとやってきたのだ。

領主は獣の仮面をつけていて、かなりの変わり者のようだったが、とりあえず食い殺されることだけはなさそうだった。奉公人《ほうこうにん》として真面目に働いていれば、村に帰れることもあるだろう。そう思い、懸命に言いつけられた仕事をしているうちに、ライラは召使い仲間から、ずいぶん可愛がられるようになっていた。

ライラは厨房《ちゅうぼう》の裏手にある井戸《いど》から水を汲《く》み、バケツに入れた。ふーっと息をつき、遠くを眺《なが》めた。西の空が赤く染まっていて、もうすぐ日が暮れる。今頃、獣の領主は何をしているのだろうか。

家族のいない領主は昼夜逆転とまではいかないが、暗くなってから活動することが多かった。なるべく暗闇に紛《まぎ》れていたいのだろう。彼の頬の傷は無残ではあるが、それほど人目を避けねばならないほどではないのに。どうして、仮面をつけなくてはならないのだろうか。

ライラにはさっぱり理解できなかった。よほどの人嫌いなのかもしれない。何しろ、自分の叔父一家をひどい目に遭わせたくらいだ。身内でさえそうなのだから、赤の他人など信用できなくても当然かもしれなかった。

ライラは気を取り直して、バケツを持ち上げようとした。いつまでもグズグズしていてはいけない。夕飯の支度や後の片付けのために、新しい水が必要なのだ。今、運んでおかなければ、もっと暗くなってから、この作業をしなくてはならない。

「ライラ、大変だろう？　手伝うよ」

後ろから声をかけてきたのは、召使い仲間のジュークだった。彼はライラより、ずいぶん年上のようだが、まだ独身だった。こうして、ライラによく声をかけてきて、手伝ってくれる。

「ええ。でも、本当にいいのかしら」

「いいに決まってる。今、用事を言いつけられてないからな」

大柄な彼はたくましい腕で、バケツをひょいと持ち上げた。ライラの腕力ではこんなに簡単にはできないことだ。

「厨房の桶《おけ》に入れるんだろう？　こんな力作業を君にやらせるなんて、セレンさんもひどいな」

セレンとは家政婦の名前だ。執事《しつじ》のカースンとは夫婦で、彼らはこの館を取り仕切っていた。

「わたしが平気だと言ったの。家でも、普通に水汲みはやっていたわ」

「本当に？　男手がなかったのかい？」

「父がいたけど……」

「ああ、フェルトン牧師だったかな。俺達は村人とはあまり接触しないように言われているから、教会には行かないが、牧師のことは聞いている。村人の世話をする素晴らしい人格者だと」

ライラは父が褒《ほ》められて嬉しかった。しかし、どうしてこの館で働くみんなは、村人と接触を禁じられているのだろう。そんなことをするから、獣の領主様などと陰口《かげぐち》を叩《たた》かれるようになったのに。

「でも、立派な牧師様が娘にこんな力仕事をさせておくなんて……」

「いいのよ、本当に。わたしは丈夫だもの」

ライラは父の悪口を言われたくなくて、慌てて遮《さえぎ》った。姉が二人いると聞いたら、ジュークは姉の悪口まで言い出しかねない。

「とにかく、俺は水汲みは男の仕事だと思う。そうでなくても、君は朝から晩まで、館の中を走り回って、仕事をしてるじゃないか」

「わたし、好きでやっているのよ。だって、ここに来るまでは、それでお給金《きゅうきん》がもらえると思ってなかったんだもの」

何しろ、食い殺される覚悟で、ここに来たくらいだ。とはいえ、働けば、お金がもらえるなんて知らなかった。今まで家の中でいくら働いても、当然というふうに見られるだけだったので、お金という価値のあるもので評価されることが嬉しいのだ。

お給金を貯めたら、姉さん達に綺麗な布地を買ってあげられる。そうしたら、姉さん達から、褒めてもらえるかもしれない。

「まあ、確かに俺達は給金のために働いているわけだけど……。君は本当に働き者だな。みんな、君のこと、そう思って感心しているよ」

ジュークはバケツを厨房のほうへと運んでいく。ライラは井戸からまた水を汲み上げた。

確かに、力仕事は大変だが、こんなことはなんでもない。食い殺されることに比べれば。

それに、今は初夏だ。寒い冬ならつらかっただろうが、こんなに気候のいいときに怠《なま》けてなどいられない。

「ライラ、ご苦労様《くろうさま》。もういいわよ」

セレンが外に出てきて、ライラに告げた。後ろから空のバケツを提《さ》げたジュークがやってくる。

最初に会ったときのセレンは厳しくて冷たい人かと思ったが、今はそんなふうには思わない。館を切り盛《も》りするのに、きちんとしているだけなのだ。心の中は温かい人だと、今は判っている。

「ジュークが、水汲みは女にさせられないって言うのよ。女だって、それくらいのことはできるけど、確かにあなたにはいろんな雑用をしてもらっているから、休む暇《ひま》もないわよね。ごめんなさいね。気がつかなくて」

「いいえ、セレンさん。わたし、お給金をいただいているのだから、しっかり働きます！」

セレンは満足そうに頷きながら、顔をほころばせた。

「あなたみたいな働き者は、大事にしなくてはね。働きすぎて身体を壊したら、よくないわ。後はジュークがやってくれるから、夕食まで少し休んでいなさい」

まだ頑張れると言いたいところだったが、せっかくそう言ってくれているのだ。好意を無《む》にしたくない。ジュークも大丈夫というふうに、ライラにウィンクしてくれている。

「ありがとうございます。じゃあ、お言葉に甘えて、少しだけ休ませていただきますね」

セレンとジュークに礼を言って、ライラは館の庭へと向かった。雑用をこなす使用人だから、あまり庭にいることはないが、片隅《かたすみ》にベンチがあり、そこはライラのお気に入りの場所なのだ。

ライラはベンチに座り、ふっと息を吐いた。こうして、風に吹かれて、花の香りを嗅《か》ぐのが大好きなのだ。ベンチの周囲にはたくさんの花々が咲いていて、ライラを心地よくさせてくれる。

もっとも、もう日が沈みかけているから、これは束《つか》の間の息抜きだ。すぐに花も見えなくなる。香りはあるだろうが、やはり庭は明るいうちに愛《め》でるべきだろう。この館の領主はそうは思わないかもしれないが。

ライラはふと、誰かの視線を感じた。

辺りを見回してみたが、誰もいない。館のほうに目をやると、二階の一室のカーテンが動いたのが判った。

ずいぶん薄暗くなってきているから、目を凝《こ》らして見てみる。そこには、金褐色の髪が見え隠れしていた。

領主様だわ……！

あの部屋は確かに領主の私室だ。彼が自分を見ていると思うと、身体が急に熱くなってきた。最初に会ったときに、無理やりキスされたことを思い出したからだ。

いや、あのキスにはなんの意味も込められていなかったはずだ。だから、カーテンが揺れていて、彼の頭が見えたからといって、自分が見られているとは限らないはずだ。

ライラはそう思いながらも、確かに視線を感じていた。

もう、薄暗くて、彼がどんな表情でこちらを見ているのか判らない。だが、彼は夜中に行動することが多く、普通の人間より夜目が利くのだそうだ。だから、彼には自分のことがはっきり見えているのかもしれない。

ライラは彼を睨《にら》みつけてみた。すると、カーテンが閉まった。

彼の頭はもう見えない。ライラは妙に淋しさを覚えた。彼にもっと見られていたかったのだろうか。ライラは自分の気持ちが判らなかった。

最初の日以来、彼とはまったく顔を合わせていない。だが、会ったところで、何か起こるわけではないのだ。彼は領主で、自分は召使いだ。しかも、下働きの女中で、彼にとっては、なんの意味もない存在だろう。

身分の違いなんてものを意識するときが来るとは思わなかった。この館に来るまで、ライラはそんなことさえ考えたこともなかったのに。

村では、世の中はもっと簡単だった。自分は家の中のことをして、村のささやかな楽しみを味わい、それですべてが上手くいっていた。

わたしは領主様の名前も知らないのに……。

ライラは彼の冷ややかな美しい顔や、それを台無《だいな》しにした傷跡のことを頭から追い出そうとした。

初めてのキスの相手だからって、なんの関係もないじゃないの。

そう思いながらも、ライラの胸は自分でも何か理解しがたい感情でざわめいていた。


領主であるルーファス・フォーランドは、カーテンの陰から再び庭を覗いた。

ライラという娘は、大層《たいそう》な働き者だという。朝早くから夜遅くまで働きどおしでも、文句ひとつ言わないのだそうだ。若い娘には厳しい目を注ぐセレンがそう言うのだから、間違いないだろう。

だからといって、ルーファスの興味を惹くのは、彼女が働き者だからではない。彼女がこの陰気な館に来ても失わなかった明るさのためだった。

彼女は気立《きだ》てがいいのだ。そして、いつもよく笑っている。何が楽しいのかと思うくらいだ。今も、一人でベンチに座っていながら、気分よさそうに微笑んでいる。一体、彼女は何が面白くて、庭で微笑んでいられるのだろう。

ルーファスは苛々《いらいら》とした気分で、彼女を睨みつけた。今、彼女から睨まれたから、そのお返しみたいなものだ。だが、暗くなってきたため、彼女はベンチから立ち上がり、館の裏口のほうへと向かった。

ルーファスは複雑な気分だった。彼女が来てから、館の雰囲気が変わったような気がする。いや、ただの気のせいではない。少なくとも、下男《げなん》のジュークは浮かれている。ライラに必要以上に、近づきすぎているのだ。

彼女がやってきたあの日、キスなどしなければよかった。自分は何を血迷っていたのだろう。だが、あのとき、衝動を抑《おさ》えることができなかったのだ。

ライラは私の素顔を見ても、嫌悪感に顔を歪《ゆが》めたりしなかった……。

それどころか、何を勘違いしたのか、うっとりと見つめてきたのだ。本当に変な女だ。

だが、変な女だからこそ、自分の興味を惹《ひ》いたのかもしれない。

ルーファスは自分の左頬に触れた。この醜《みにく》い傷跡は一生消えない。この傷がついた当初は、こんなものではなかった。膨れ上がって、膿《うみ》を持ち、そのために命まで落とすところだった。幸い、よく効く薬草を手に入れ、元気になれた。傷跡も昔ほどではない。

だが、ルーファスはあのときの屈辱《くつじょく》を忘れることはできなかった。人は信用できないものだ。身内さえも……いや、身内だからこそ、信じてはならない。人は表の顔と裏の顔を持っている。

あのよく笑うライラでさえ、裏の顔はあるに違いない。

ルーファスは書き物机の上に置いていた獣の仮面を手に取り、顔につけた。

私の表の顔はこれだ。獣でいる限り、人に恐れられる。もう、誰にも裏切られたりしない。獣はその決意の表れなのだ。

部屋の中は薄暗いどころではなく、完全に闇と化していた。普通の人間なら、その暗闇には耐えられないだろう。だが、ルーファスには心地よいものだった。闇は自分の身を隠してくれる。顔も、傷跡も、そして愚《おろ》かだった過去さえも覆い隠してくれるのだ。

ルーファスは蝋燭《ろうそく》に火を灯《とも》した。そして、召使いを呼ぶ紐《ひも》を引っ張る。

程《ほど》なくして、自分に献身的《けんしんてき》に尽くしてくれる下僕《げぼく》が現れた。彼の名はノース。醜く厳《いか》つい男だが、その醜さ故《ゆえ》に、ルーファスは彼を信用していた。

もちろん、その彼でさえ裏切る可能性があることくらい、自分はちゃんと理解している。誰も信じてはならない。それはルーファスの生きるための掟《おきて》のようなものだ。

「お呼びでしょうか、領主様」

「ああ。夕食の後で、寝室にライラをよこしてくれ。風呂に入れて、綺麗に装《よそお》わせてやれ」

「ライラを……お召《め》しになられるのですか？」

ノースの声にかすかな非難を聞き取った。彼もまたライラの魅力に参《まい》っている一人なのだろう。

「おまえはライラが好きなのか？」

「……いいえ、そんなことはございません」

そう答えると思った。ノースは自分に忠実《ちゅうじつ》な男だ。たとえ彼女に惹かれていたとしても、そんなことを口にするはずがなかった。もちろん、その本心は信用ならないと思っていたが。

「それなら、構わないだろう？　彼女は……美しい」

ルーファスは仮面の下で、冷たい笑みを浮かべた。

もっとも、彼女の魅力は美しさだけではない。美しいだけなら、もっと多くの美貌《びぼう》の持ち主がいることだろう。ルーファスは領主としてここを訪れるまでに、たくさんの土地を流浪《るろう》していた。その間に、ライラよりも美しい女性を何人も抱いたことがある。

ライラは自分の美しさをひけらかしてはいない。というより、自分が美しいとは思っていないのかもしれない。我が身を飾り立てることすら知らないように見える。だが、それが新鮮で好《この》ましい。孔雀《くじゃく》のように自惚《うぬぼ》れた娘など、ルーファスは相手にする気も起きない。

それに、ライラはとても明るく真面目だ。どんな仕事を言いつけられても、嫌がる素振りも見せず、きちんとこなしている。しかし、それほど美しい心根《こころね》の持ち主など、本当にいるのだろうか。

そんなはずはないと、ルーファスは思った。

明るく笑う彼女を見ていると、是《ぜ》が非《ひ》でも汚《けが》したくなってくる。彼女が美しければ美しいほど、明るく笑えば笑うほど、自分の中にある暗くて醜い世界へと引きずり込んでやりたくなってくる。

歪《ゆが》んだ欲望だということは判っている。ライラには悪気などないのだ。だが、彼女がこの館へやってきてからというもの、ルーファスは落ち着かなかった。

一度でいい。彼女を汚せば、それで満足するはずだった。そして、一カ月ほど、彼女の身体を楽しんだ後は、十倍の給金を払って、村に帰してしまえばいい。

「しかし、今まで領主様は館の女には興味を持たなかったではありませんか？　いつも、よその土地まで出かけられていたのに……」

ルーファスは女を抱きたくなると、いつも遠く離れた町へと出ていった。しかるべき場所には、しかるべき女がいるものだ。自分は今まで娼婦《しょうふ》で満足を得ていたはずだが、ライラを見てからは、彼女でなければならないと思うようになっていた。

その理由は自分でも判らない。だが、彼女の純朴《じゅんぼく》な村娘ぶりが、癇《かん》に障《さわ》るのだ。彼女の本性《ほんしょう》を暴《あば》いてやりたいのかもしれない。館の召使い連中が思うような純真な娘ではないのだと。

「高潔《こうけつ》な領主は召使いに手を出すなと言いたいのか？　ノース、おまえの思い違いを正してやる。私は高潔ではないんだよ。あの娘が欲しい。引き裂いて、泣かせてやりたいんだ」

ノースはかすかに顔を歪めた。今まで獣の仮面にも動じることはなかったこの下僕も、ルーファスの本性を知って、嫌悪《けんお》したのかもしれない。しかし、それを表面に出したのは、その一瞬だけだった。

彼はもう反駁《はんばく》することはなく、頭を下げた。

「領主様のお望みのとおりに致します」

「それがいい。セレンにもそう伝えろ」

ノースは部屋から去った。彼はセレンになんと言うだろう。そして、セレンはライラになんと伝えるのだろうか。

ルーファスは湧き上がる感情を抑えられなかった。彼女はもうすぐ自分のものになる。愚《おろ》かにも、ルーファスに食《く》い殺されることはないと安堵《あんど》した娘……。

食い殺されるより、悲惨《ひさん》なことはあるのだと教えてやる。身分の差は、権力の差でもある。彼女は自分に決して抗《あらが》えない。

ルーファスの胸に、ちらりと罪悪感のようなものが過《よ》ぎった。

いや、私は罪悪感《ざいあくかん》など覚えない。何故《なぜ》なら、私は獣の領主なのだから。村人が思うように、私は無慈悲《むじひ》で冷酷な獣なのだから。

ライラは夕食を済ませた後、セレンに呼び出された。セレンは館の中に、自分専用の居間を持っていた。そこを訪ねたライラは、更に彼女の寝室に案内されて驚いた。寝室の衝立の裏には、金属の浴槽《よくそう》の用意がされ、熱い湯が入っている。

セレンが風呂に入るのは構わないが、どうしてそんなときに自分が呼ばれたのだろうか。驚いていると、セレンは表情を消したような顔で、厳《おごそ》かに言い渡した。

「あなたは今から身体を綺麗《きれい》にするのよ」

「え……わたしが、ですか?」

ライラは驚いた。召使いは洗濯《せんたく》部屋に浴槽を持ち込んで、順番に風呂に入ることが許されている。が、湯を使えることはあまりなく、冷たい水で素早く身体を清潔にする程度だった。こんなふうに家政婦の寝室で、ゆっくりお湯に浸《つ》かれるとは思わなかった。

「でも、どうしてわたしが……」

「文句は言わないの。さっさと入浴を済ませなさい。すっかり綺麗になるまで、洗うのよ」

セレンは入浴に必要なものを持ってきてくれ、ライラに渡した。ライラは困惑したが、久しぶりに熱い湯に浸かれるとあって、この機会を逃《のが》すことはないと思った。

ジュークが水汲みを肩代わりしてくれたように、セレンも自分に親切にしてくれているだけだ。どうして親切にしてくれるのか判らないが、せっかくの好意を無駄《むだ》にはしたくない。

「はい。おっしゃるとおりに致します」

セレンは頷くと、寝室を出ていった。セレンの寝室で服を脱ぐのは、なんとなく気後《きおく》れするが、湯が冷めてしまってはもったいない。ライラは一糸《いっし》まとわぬ姿になり、浴槽に入った。そして、石鹸《せっけん》を使って、身体や髪を洗う。

石鹸からはいい香りがしてくる。これは召使いが使うような石鹸とは違うようだ。ライラはまるで自分が貴婦人《きふじん》にでもなったような気がしてきた。

すっかり綺麗になる頃には、湯は冷めかけていた。ライラは水気《みずけ》を拭《ふ》き取り、服を身につけようとしていると、セレンが部屋に入ってきた。

「時間がないから、あなたの部屋からドレスを取ってきたわ。これに着替えなさい」

手渡されたものは、日曜に教会に来ていく一番上等のドレスだった。

「どうして、このドレスを……？」

そして、時間がないとはどういう意味なのだろう。もう夜なのに、自分はこれからどこかに行かされるのだろうか。

「領主様にご挨拶《あいさつ》をするのよ」

「え、でも……」

挨拶なら、この館に足を踏み入れた最初の日にしたはずだ。あれでは足《た》りなかったというのだろうか。

「いいから。私の言うとおりにするの」

なんだか変だ。セレンはライラの目を見ようとしない。

しかし、領主の言いつけは、この館ではすべてのことに優先される。セレンはとにかくライラを領主に会わせなくてはいけないのだろう。

「判りました」

ライラは服を受け取り、それを身につけた。

「髪を綺麗に梳《と》かしてあげるから」

セレンはライラを居間の椅子に座らせると、後ろから髪を櫛《くし》で梳き始めた。まるで、セレンがライラの侍女《じじょ》のようで、変な気分がしてくる。しかし、これも彼女にとって意味があることなのだ。そうでなければ、目下のライラの髪を梳いたりするはずがない。

やがて、髪は綺麗にまっすぐになった。乾けば、毛先がカールしてくるが、ライラの髪は湿っていると、まっすぐになるのだ。

「こんなところでいいでしょう。さあ、早く領主様のお部屋に行くのよ。お待ちかねだから」

「お部屋って……二階の？」

彼と初めて会ったのは、一階の書斎だった。二階は彼の私室だ。一体、そんなところで彼は自分になんの用事があるのだろう。セレンに訊きたかったが、彼女は口を真一文字に引き締めている。

領主を怒らせることは、この館に住む誰もが恐れていることだ。だとしたら、自分はさっさと行ったほうがいい。彼を待たせると、ロクなことにはならないだろう。

ライラはセレンにお礼を言うと、領主の私室がある棟《むね》へと向かった。

硬いオークの扉をノックすると、彼の声が聞こえてきた。

「……入るがいい」

今日はあのくぐもった声ではない。ということは、仮面をつけていないということだ。

ライラは重い扉を開けた。薄暗い室内には、蝋燭《ろうそく》が一本だけつけてある。そこは居間になっていて、その奥に寝室がある。雑用が仕事のライラは彼のベッドを整《ととの》えたり、この部屋の掃除をしたこともあるので、彼の私室の中を知っていた。

領主はゆったりとした椅子に腰かけ、酒の入ったグラスを持ち、寛《くつろ》いでいる。ライラが入ってきても、彼女に目を向けるわけでもない。呼び出したのは、彼のほうなのに。

「わたしをお呼びだとお聞きしました」

「ああ、そうだ」

ようやく、領主はもったいぶった態度で、彼女のほうに顔を向けた。蝋燭の炎に照らされ、金褐色の髪が淡い光を放っている。頬には傷跡があるものの、そんなものは怖くない。

ライラは彼があの恐ろしい仮面をつけていないので、ほっとしていた。

仮面と判っていても、獣の顔をした彼は怖いのだ。人間と向かい合っている気がしない。

「……なかなか悪くない」

彼はライラをじろじろと見て、グラスを口に運んだ。一番上等なドレスだからだろう。仕事のために、こんなドレスは身につけない。教会に出かけるためなら着るが、ここでは日曜でも仕事をしなくてはならないし、教会はおろか、村に出かけるのも制限されるから着たことはなかった。

領主様は召使いが村人と交流することを好まない。セレンだけでなく、みんなが口を揃えて、そう言った。だから、休みをもらえないこともあって、ライラはここへやってきてから、まだ一度も家に戻ったことがない。

自分がいなくなって、父や姉が苦労しているのではないかと思うときもあったが……。いや、それは思い上がりだ。自分がいなくても、家の中のことくらい、姉達がきちんとやっているに違いない。

「領主様……わたしは一体、何をすればよろしいのでしょうか」

ライラは領主の視線に晒《さら》されながら、困惑していた。まさか、こうして見られるためだけに、ここにいるわけではないだろう。

「ルーファスだ」

「……え？」

「私の名はルーファスだ。二人きりのときは、そう呼ぶがいい」

ライラは眉をひそめた。よく判らないが、領主の命令はなんでも聞かなくてはならない。

「ルーファス様？」

「そうだ……」

彼は立ち上がると、ライラに近づいてきた。何故だか、胸の鼓動が速くなってくる。急に、彼にキスされたときのことを思い出してしまった。

馬鹿《ばか》ね……。キスなんて、されるものですか。

彼にとって、あのときのキスはただの戯《たわむ》れのようなものだ。真剣なものであるはずがない。そんなことくらい、男女のことにあまり知識のない自分でも判る。

彼は……ルーファスは領主だ。そして、自分はただの村娘。しかも、今は彼に雇われている身だ。

キスなんか……するはずがないわ。

ルーファスは手を延《の》ばし、ライラの頬に触れてきた。ドキンとして、同時に身体がビクッと震えた。

彼は領主だ。だから、キスなんてしてはいけない。

そう思うのに、唇が近づいてくるのを、ライラは避けなかった。動けなかったのだ。ライラは彼にキスされたかったから。

　柔らかい唇が重なってくる。最初のキスは強引だった。けれども、このキスは違う。傲慢《ごうまん》な彼に似合わず、優しくキスをしてくる。

　するりと舌が滑《すべ》り込んできた。ライラの身体はまた震える。こんなことはしてないと判っている。彼がどんなつもりでキスしているのかといえば、前と同じでただの戯れだろう。だが、こんな優しいキスをされると、彼が本気のようにも思えてくる。

　本気……って何？

　彼がわたしを好きだってこと？

　そんなことは、とても信じられない。だとしたら、これはやはり戯れなのだ。彼が唇を離したら、この不思議な時間は終わりを告げる。

　ライラはこの時間をもう少しだけ引き延ばしたかった。

　彼とキスをしていたい。彼にキスされると、ライラは妙な気持ちになってくる。胸が熱くなり、頭がふわふわとしてくるのだ。

　彼も……同じような気持ちなの？

　それは判らない。男と女では、感じ方が違うかもしれないし、何より彼は男女のことに、自分のように無知《むち》ではないと思うのだ。きっと、こんなことは何度も経験しているだろう。

　キスをされながら、彼はライラの身体に触れてきた。抱き締められて、気が遠くなってくる。他の誰とも、こんな親密な真似をしたことはない。彼の舌はライラの舌をからめとり、愛撫《あいぶ》していく。それと同時に、彼の手が背中を撫でてきた。

まるで恋人同士みたいだと、ライラは思った。もちろん、領主の恋人になんかなれるはずがない。身分違いもはなはだしい。よくて愛妾《あいしょう》くらいだ。まして、彼の妻になれるわけでもない。

ライラはそう思ってしまった自分がおかしかった。彼はすぐにキスをやめるはずだ。そして、何か用事を言いつけるに決まっている。彼が自分のような村娘なんかを本気で相手にするわけがないのだ。

それでも、まだ彼とキスしていたくて、力を抜き、彼に身を任せた。

思えば、ライラは彼の素顔を一目見たときから惹かれていた。彼の頬に傷跡があろうが、そんなことはどうでもいい。もしかしたら、最初のキスの相手だからかもしれないが、ライラは彼に関心を示されることが嫌ではなかったのだ。

だからこそ、ライラはいつでも彼の視線には敏感だった。彼がこの二階の窓や書斎の窓から外を覗いているときがあり、ライラはその視線をいつも感じていた。

自惚《うぬぼ》れかもしれないと思うときもあったが、こうしてまたキスされると、あれはただの気のせいではなかったのだろう。

彼の唇が離れる。ライラは咄嗟《とっさ》に彼の背中に手を回した。もっと、こうしていたかったからだ。

ふっと笑い声が聞こえたかと思うと、ルーファスは再び唇を塞《ふさ》いできた。さっきとは違う。今度は強引なキスだった。同じように舌を絡《から》められても、今しているキスはさっきまでの優しいキスとはまったく違っていた。

ライラは圧倒《あっとう》されながらも、その激しいキスにも身を任《まか》せてしまっていた。

ああ、こんなところをお父様に見られたら、どんなに嘆《なげ》かれることか。きっと、ふしだらな娘と思われるわ。

父は聖職者だ。未婚の末娘が奉公先の主人にキスされて、抗《あらが》いもしないなんて、とても許しがたいと思うことだろう。だが、ライラは自分がもう止められなかった。彼にキスされて、眩暈《めまい》のような快感《かいかん》に晒されていたのだ。

自分はどこまで流されていくのだろう。ライラは彼のキスに夢中になっていたが、そろそろやめるべきだと感じていた。

でも、もう少しだけ……。

彼の手が背中ではなく、腰より下まで下りてきていた。お尻を撫でられていると気づいて、ライラははっとした。慌てて身を引く。

「なんだ、今更?」

彼の口調はまるでライラを嘲《あざけ》っているようでもあった。

ライラはその口調に傷ついた。キスされて、いい気になっていた自分が恥ずかしくてたまらない。彼もまたライラの思い上がりのようなものを嘲っているに違いない。

そうよ。これは戯れのキスなんだから。本気でキスしたいと思っていたわたしが、馬鹿にされても仕方ないわ。

ライラは彼から離れようとした。だが、ルーファスはそれを許さず、それどころか、ライラを抱き上げた。

「領主様！　一体、何を……」

「騒ぐな」

静かに注意されて、ライラは何も言えなくなってしまった。

ルーファスはライラを抱いたまま、隣の寝室へと移動していく。そして、四柱式の堂々たるベッドに、ライラを下ろした。寝室には、すでに蝋燭が灯されていて、彼の顔がよく見える。

ライラは混乱していた。自分がどうしてベッドに連れてこられたのか、よく判らない。

ルーファスに上からのしかかられて、ライラは初めて彼の意図《いと》に気づいた。

「やめてっ……」

「騒ぐなと言ったはずだ」

彼の冷たい声にぎょっとして、ライラは彼の腕から逃れようとした。が、彼はすかさずライラを抱きすくめた。そして、唇を塞いでくる。

「んっ……」

抗議の声は口の中に封じられた。これ以上、キスされたら、どうにかなってしまう。ライラはそれが怖かった。

それに……。

彼は何をしようとしてるの？

ベッドで男女が何をするのか、ライラはうっすらとしか知らなかった。少なくとも、キス以上のことが行なわれることは知っていたが。

しかし、いずれにしろ、それは未婚《みこん》の娘がすることではない。教会で晴れて式を挙げた男女にだけ許されることではないだろうか。

ああ、でも……。

ライラの身体はルーファスに抱き締められて、キスをされると、痺《しび》れたようになってきてしまう。

これ以上、彼の意のままになってはいけないと思うのに、身体が言うことを聞かない。彼にキスされていると、うっとりしてくるのだ。ダメだと思えば思うほど、それが強くなってくる。

彼の手がライラの胸の膨《ふく》らみを覆《おお》った。もちろん、そんなことをされたのは、生まれて初めてだった。大事なところに触れられていると思っただけで、ライラの頭の中は熱くなってきた。

指が布地の上から、胸を探るように動いていく。乳首の辺りを撫でられて、ライラはビクンと身体を震わせた。

恥ずかしいのに、何故だかもっとしてもらいたくなってくる。ライラは次第に自分が引き返せないところまで行こうとしていることに気がついた。

ルーファスの唇が離れる。しかし、すぐに彼はライラの首筋にキスをしてきた。

どうしたら……どうしたらいいの？

ここから逃げなくてはいけないのに。けれども、逃げる方法なんてあるだろうか。実際に、ライラはベッドに押しつけられている。たとえ、この寝室から出られたとしても、それで済むとは思えない。

何故なら、ルーファスこそがこの館の主だからだ。そして、領主だ。彼の領地にいる間は、彼から逃れられない。

しかし、彼にも人間の心が残っているなら、説得できるかもしれない。そうしなければならないと、ライラは思った。自分は牧師の娘なのだ。こんなふうに純潔を失うわけにはいかない。

彼の唇と指の動きに翻弄《ほんろう》されながらも、なんとかライラは口を開いた。

「わ……わたし……ダメです。こんなこと……」

彼の手はライラのドレスの前ボタンを外《はず》そうとしていた。切れ切れに懇願《こんがん》しているのが、彼には聞こえないのだろうか。

「お願いです……。やめて……」

前身頃《まえみごろ》がはだけられて、するりと彼の手がシュミーズの下まで滑り込んできた。ライラははっとして身体を強張《こわば》らせた。

彼の手が直にライラの乳房《ちぶさ》を掴んでいる。

「ほう……。いい手触りだな」

ライラの頬はカッと熱くなる。彼はライラの胸を触って、評価を下したのだ。悪口ではないにしろ、こんな侮辱《ぶじょく》はないだろう。

「やめて……。触らないでっ……」

こんなにはっきりと拒絶しているのに、ルーファスは聞いていないようだった。乳房をまさぐり、その頂《いただき》を指で探り当てた。

「あっ……や……」

「何が嫌なんだ？」

ルーファスは唇を歪《ゆが》めて笑った。彼の指が乳首を撫でると、今まで感じたことのない不思議な感覚が身体に湧き起こってくる。

こんなところが気持ちいいなんて、信じられない。ライラは頬を染めて身をよじり、彼の手から逃れようとしたが、上手くいかない。彼にのしかかられて、体重をかけられているからだ。

彼の指が円を描《えが》くようにして、そこを指の腹で撫でている。ライラは何も感じたくなかった。気持ちいいことなんて、あるはずがないのだから。

しかし、身体はまったく自分の思うようにはならない。ルーファスの意志で、ライラは感じさせられているのだ。

「領主様が……こんな真似をするなんて……」

「領主だからするんだ。ここで働いている以上、おまえは私のものだ。それに……」

彼は低い声で笑った。

「おまえは生贄《いけにえ》になる覚悟でここに来たはずだ」

「で、でも……こんなことは……」

「私はこれからおまえをゆっくり味わうつもりだ」

「あっ……」

胸の谷間に彼が舌を這《は》わせた。初めての感覚に、ライラは身体をビクッと震わせた。本当に食べられるわけではない。それが判っていても、彼の言葉が恐ろしかった。

彼はわたしを食べてしまうんだわ。獣《けもの》のように。

もちろん、それは比喩的《ひゆてき》な意味に過ぎないとしても、ライラは取り返しのつかない立場に追いやられてしまうことになる。

それでも、食い殺されるよりマシなのだろうか。よく判らない。ルーファスは自分がしたいと思ったことは、なんでもするのだ。そして、誰にも容赦《ようしゃ》しない。ライラが困ったことになったとしても、彼には痛くも痒《かゆ》くもないのだろう。

だって、彼は獣の領主だから。

召使い仲間の誰かに聞いたことがある。彼の本性はやはり獣なのだと。獣のように、自分の意志を貫《つらぬ》き、他人に哀れみをかけたりしないのだ。

彼はシュミーズを引き裂き、ライラの胸を剥《む》き出しにした。二つの膨らみが彼の目に晒されている。ライラは羞恥《しゅうち》を感じて、目をぎゅっと閉じた。今まで男性には見せたことがない。それなのに、結婚もしていない相手に、それを晒すなんて、耐えられないことだった。

「綺麗な胸だ」

ポツンと彼は呟《つぶや》いた。そんなふうに言われるとは思わなくて、ライラは思わず目を開けた。すると、彼が自分の胸に魅入《みい》っているのが視界に入ってきた。

しかし、彼がどれほどライラの胸に惹かれようとも、そんなことは関係ない。ライラが

置かれた今の立場から救う手立てにはならないだろう。

彼は指を胸に這わせた。まるで形を確かめているような手つきで、ライラは何故だか自分が焦《じ》らされているような気がしてきた。けれども、そう思うのは、おかしな話だ。自分はもう感じたくないのに。

やがて、ルーファスは両手で乳房を掴んだ。だが、強い力ではなく、優しく揉むような動きで掴んだのだ。

「ああ……柔《やわ》らかい。完璧だな」

彼はそう言うと、乳房にキスをしてきた。

ライラははっと息を呑んだ。キスされたくなかったわけではない。その逆だ。ライラは彼にキスしてほしかった。彼の唇に触れられたら、どんな気持ちがするのか考えていたところだった。

「胸にキスされるのが好きなのか？」

「ちが……ぁ」

否定しようとしたのに、乳首にキスされて、ライラは言葉が続かなくなってしまった。

彼がしたのはキスだけではなかった。唇に含んだり、舌で転がすように舐めたり、挙句《あげく》の果《は》てには優しく歯を立てた。そして、とうとう口に含んで、舌を絡ませたまま吸ったのだ。

「あぁっ……」

ライラは我慢できずに声を上げた。途方もなく恥ずかしかった。自分がそんな淫《みだ》らな声を出してしまうなんて、そんなことはあり得ないのに。

けれども、彼が何度も吸うから、ライラは何度も同じような声を出す羽目《はめ》になってしまった。

「素晴らしいね、まったく。おまえが無垢《むく》な乙女とは信じられないくらいだ」

彼はライラを侮辱した。しかし、無垢な乙女であると主張するのも、愚《おろ》かなことだった。そんなことは彼にとっては関係ない。いや、無垢な乙女であるほうが、彼は喜んで自分を汚すだろう。そんなふうにしか、今は思えなかった。

しかし、ライラは最後の望みとして、喘《あえ》ぐように訴えた。

「お願い……。もう……放《はな》して」

ルーファスはふんと鼻で笑った。

「放すはずがないだろう。こんなおいしそうな獲物を前にして」

「あなたは……領主様よ。普通の領主様なら、領民を守るはず……」

「残念だったな。私は獣の領主と呼ばれている。普通の領主ならしないようなことを平気でするんだ。欲しい娘は自分のものにする」

ルーファスは再びライラの乳首を口に含んで、舌で転がした。

「ああ……あん……」

彼の舌の動きに快感を覚えてしまう。ルーファスに施《ほどこ》された愛撫によって、ライラは思いも寄らぬほど、自分の身体が敏感《びんかん》になっていることに気がついた。

ああ、どうしよう……！

「領主様……お願い……お願いです……」

ライラはうわ言《ごと》のように繰り返した。

「何をお願いしたいんだ？　もっと触れてほしいか？　それとも、無理やり奪ってほしいのか？」

ライラは首を横に振った。だが、ルーファスはライラのドレスの裾《すそ》をたくし上げていた。

「いやっ……」

彼の手が太腿に触れている。もちろん、その上を触らせてはいけない。ライラは必死で抵抗したが、彼はあっさりと下穿《したば》きに触れると、紐《ひも》を解《と》いて、それを引き下ろしていった。

ライラは泣きたくなった。しかし、泣いたところで、彼はやめてくれはしないだろう。道義心《どうぎしん》というものを持ち合わせていないからだ。逆に、ライラが泣いたら、彼は喜ぶに違いない。そして、それが彼の嗜虐心《しぎやくしん》に火をつけるに違いないのだ。

彼は……本当に獣の領主だ。人の心を持たぬ獣だ。

ルーファスの手が脚の間に触れたときも、ライラは半ば諦《あきら》めの境地《きようち》に至《いた》っていた。

泣いたり騒いだりしても、意味はない。だとしたら、今、自分ができる精一杯のことは、じっと石のように硬く冷たく横たわっていることしかない。そう思ったのだ。

だが、彼の指が優しくその部分に触れてくると、何も感じずにはいられなかった。

彼はわざとなのか、羽でタッチするかのように、優しく優しく指を動かしていく。ライラのほうが焦《じ》れるくらいだった。触るなら、もっとちゃんと触ってと言いたくなってくる。

下半身がムズムズしてくる。我慢できない。もっと触れてほしい。

ライラはしっかり閉じていたはずの脚から力が抜けて、いつの間にか開いていた。彼の指がすかさずもっと大胆《だいたん》に触れ始めた。それでも、彼は指一本で、その部分をなぞることしかしない。

ライラは思わず腰を蠢《うごめ》かせていた。きっと彼は笑っているに違いない。そう思って、彼の顔を見たのだが、笑ってなどいなかった。それどころか、とても真剣な顔をしている。

何……。なんなの？

ライラはまったく意味が判らなかった。彼は何かのゲームをしているのだろうか。

やがて、ルーファスは指をライラの中へと滑り込ませていった。

「あ……そんな……っ」

「しっとり濡れている。私を歓迎している印《しるし》だ」

そんなはずはない。ライラは首を振ったが、ルーファスは見てもいなかった。彼は指を引き抜くと、急に躍起《やっき》になって、ライラのドレスのボタンをもっと外し始めた。そして、とうとうドレスを脱がせてしまった。

一糸まとわぬ姿にされ、ライラは彼の熱い視線を受けた。彼はライラの身体を見回して、にやりと笑った。

「この身体が私のものなのか」

「あ、あなたのもの……?」

「そうだ。私のものだ。おまえの身体は私のもの。私がそう決めた」

なんて傲慢な領主なのだろう。しかし、自分はもはや彼に捧《ささ》げられた生贄《いけにえ》であり、獲物《えもの》でもあるのだ。愚《おろ》かにも、ライラは言われたとおりに入浴して、彼の部屋に行けと言われ、そのとおりにした。

ルーファスはライラの足首を掴むと、左右に広げていった。

「やめて!」

ライラは叫んだ。脚を広げられたら、隠しておきたい秘密の部分まで晒《さら》すことになってしまう。

「いやっ……いやよ!」

泣き叫んだところで、彼は許そうとはしなかった。ライラの脚は大きく開かれた。彼の目はその間に注がれている。

「ああ……」

ライラは絶望の声を上げてしまった。

けれども、屈辱《くつじょく》はそこで終わりではなかった。足首を掴んだまま、それをぐっと押し上げた。すると、もっとひどい格好になる。広げられた上、膝を折り曲げられて、それこそ見てくださいと言わんばかりのポーズになってしまった。

「このまま縛《しば》ってみても面白いかもしれないな」

意地悪な言葉に、ライラはビクッとした。

「どうだろう？　ここを晒したまま、脚を動かせないように縛るんだ。さぞかし、楽しいだろう」

ライラは歯を食い縛った。恥ずかしがっているのが、彼に判らないはずがない。それなのに、こんな残酷なことを口にしている。

「まあ、おまえが抵抗しなければ……そんな真似はしないさ」

ルーファスはその一言で、あっさりとライラの鎧《よろい》を剥《は》ぎ取った。今の言葉は、絶対に抵抗するなと警告しているのだ。

「りょ……領主様……」

「ルーファスと呼べ」

彼は晒された部分に唇を寄せていった。彼の息が触れる。それだけで、ライラは息が止まりそうになってしまった。

柔らかいものが秘部に触れた。

わたしは舐められているんだわ！

信じられないなんてものではない。彼はその恥ずかしいところを、舌で舐めていた。花弁《かべん》をかき分け、懸命に舌を動かしている。

身体がゾクゾクしてくる。こんなことをされて、喜んでいる自分は、どこかおかしいのだろうか。しかし、抵抗したとしても、彼はもっと辱《はずかし》めてくるに決まっている。それくらいなら、なんとか耐えて、じっとしているしかなかった。

だが、舐められているうちに、甘い痺《しび》れが湧き起こってくる。こんな恥ずかしい部分を舐められていること自体、ライラには衝撃的だったが、それ以上に自分が感じていることが恥ずかしくて、そして怖かった。

どうしよう……。わたし、きっとおかしくなったんだわ。

これほど恥ずかしいのに、もっとしてもらいたくなってくる。彼の舌の動きが感じられて、おかしくなりそうだった。

やがて、彼の舌はライラの非常に敏感な部分を捕らえた。途端に、ライラの身体が激しく揺れた。

「いやっ……ああっ……」

彼が舌で転がすように舐めると、ライラはビクビクと身体を震わせた。信じられないほどの衝撃が身体を何度も走っていく。

「やあっ……あっ……ああっ」

止めようにも、もう自分を止められなかった。彼は情《なさ》け容赦なく、ライラを追いつめようとしていた。身体は痙攣《けいれん》するように震えている。けれども、もうそろそろ限界が近づいていた。

ライラはぐっと身体に力が入るのと同時に、ふわりと浮き上がったような気がした。その瞬間、鋭い快感が全身を貫《つらぬ》いた。

こんな快感があるなんて、ちっとも知らなかった。ライラは口を開こうとしたが、結局、何も言えなかった。快感に余韻《よいん》が続いていて、身体に力が入らない。甘い痺れがまだ残っていて、とてもだるかった。

それに、何を言えばいいのだろう。こんな恥ずかしいことをされた後で、ルーファスに言えることは何もない。彼は無理強《じ》いしたが、ライラはその行為からこんなに快感を得てしまった。それなのに、文句など言えるはずがない。

ルーファスはライラの表情を眺めて、満足そうな顔をした。だが、これで終わりにするつもりはなかったらしく、ライラの内腿に唇を這《は》わせる。

ライラははっとして、身体を震わせた。余韻に浸っているときに、そんな真似をされたら、また身体が熱くなってきてしまう。

「いや……もうやめて」

その願いに対して、ルーファスは鼻で笑うだけだった。彼はやめる気などないのだ。ライラの脚の間に再び触れてくる。

「あっ……ぁっ」

彼の指が再び自分の中に入ってくる。さっきより、ずっと楽に侵入してくるのに気づいて、ライラは困惑した。ルーファスはライラのその表情を見て、くすっと笑う。

「不思議でもなんでもない。私の指を受け入れたがっているから」

違う。そうじゃないと言いたかった。けれども、彼の指がそこに入ってくると、さっきとは違う感覚が芽生《めば》えてくるのに気づいていた。

彼が指を動かすと、その刺激が自分の身体に伝わってくる。強烈な快感を味わって、一旦《いったん》、治まったかのように思えた火が、再び自分の身体に灯るのを感じた。

ああ、わたしの身体は一体どうなったの……？

ライラは恐ろしかった。自分の身体なのに、知らぬ間にルーファスの思うとおりになってしまっている。何もかも初めて経験することで、ライラには対処するすべがなかった。

ベッドから出ていきたくても、もう手遅れだった。半ば、ライラは彼に身を投げ出しているも同然だったからだ。

ルーファスの指が出し入れされるたびに、ライラの身体は更に熱く潤ってくる。最初は意味が判らなかったが、今なら判る。これは自分が気持ちよくなっている印のようなものなのだ。

ライラは再び身体の熱が高まってきたことに気がついた。どうしたらいいのか判らない。一体、この行為に終わりはあるのだろうか。

もう、ここから逃げ出したいとは思わなかった。この熱を彼が治めてくれるまでは、ベッドから出ていけない。

「あんっ……あっ……あん」

さっきからひっきりなしに、自分の口から甘い喘《あえ》ぎが洩《も》れている。無意識のうちに、腰を揺らめかせて、ただ彼の愛撫を貪《むさぼ》っていた。ルーファスは指を動かしながらも、ライラの脚や腰、そしてお腹にキスを繰り返す。そして、ライラが充分に高まったところを見計らったかのように、指を引き抜いた。

「やっ……」

ルーファスはふっと笑った。

「大丈夫。まだ終わりじゃない」

ライラは目を見開いて、ルーファスの顔を見た。終わりではないのなら、彼は何をするるつもりなのだろう。

「しばらく目を閉じていろ」

「でも……」

「言うことを聞け」

冷たく指図されて、ライラは目を閉じた。衣擦《きぬず》れの音が聞こえたと思ったら、彼の両手がライラの脚を開かせた。今さっきまで指を挿入《そうにゅう》されていた場所に、何か別のものが当たる。

一体、なんなの？

目を開けたくて、瞼がぴくぴくと動いた。

彼はライラの太腿をゆっくりと撫でた。思いがけなく優しい手つきで撫でられて、ライラはその感触にうっとりする。

「まだだ」

「身体から力を抜け。……そうだ」

彼の言うとおりに、ライラは身体から余計な力を抜いた。彼の手で撫でられるのは、なんて気持ちのいいことなのだろう。

しかし、それはぐいと両脚を押し上げられるまでだった。しかも、何か大きなものがライラの内部に侵入しようとしている。強烈な痛みに、ライラは驚いて、目を開けた。開けた途端、後悔した。何故なら、ルーファスの股間《こかん》にはいきり立ったものがあり、それをライラの中に挿入しようとしているところだったからだ。

「やめて！」

悲鳴のような声を出したが、間に合わなかった。彼は無理やり腰を押しつけて、侵入してきたのだ。

身体を切り裂く痛みが走り、ライラは息が止まるほどの衝撃を受けた。

嘘……。嘘よ、こんなこと！

とても信じられなかった。気持ちいいことのおまけに、こんな行為が待っていようとは思わなかったのだ。

彼は油断させておいて、こんな残酷なことをしようとしている。ライラは痛みのために、涙を零《こぼ》した。しかし、彼は容赦なくすべてをライラの中に収めきった。自分の内部が彼のもので占《し》められていると思うと、眩暈《めまい》を覚えた。

「こんな……こんなことって……」

「こんなこと？　おまえは私が何をしようとしていたのか、判らなかったらしいな」

彼は皮肉めいた笑みを浮かべている。

今になって、はっきり判った。これが純潔を失うということなのだ。結婚した男女が、必ずしなくてはならないことだ。

でも……わたしは結婚してないわ。

未婚のまま、こんなことをされてしまうなんて……。

ライラは絶望した。彼にキスされたり、撫でられたり、いろんなことされて、気持ちよくなっている場合ではなかったのだ。やはり、逃げ出すべきだった。

しかし、どこに逃げるというのだろう。彼は領主だ。この館はもとより、この辺り一帯は彼のものだ。領主は絶対的な権限を持っている。ライラが未婚だろうがなんだろうが、領主の指図《さしず》に誰も逆らえない。だから、セレンが後ろめたそうな顔をしながらも、ライラを彼の部屋に行くように指示したのだ。

つまり、ルーファスがライラを所望《しょもう》したというわけだ。

ライラは愕然《がくぜん》とした。涙がまた溢れてくる。

「あなたは……獣よ！」

そう叫ぶと、一瞬、彼の瞳に獰猛《どうもう》な光が宿《やど》った。まさしく獣のように。しかし、すぐに彼は唇を歪めて笑った。

「そうだ。村人が噂しているとおりだ。私は外見も心もすべて獣だ」

ルーファスは腰を一旦、引き、それからまた奥まで突いた。

「あっ……」

身体の中で動く彼のものが、自分の敏感な部分に擦《こす》れていく。ライラが上げた声に、ル

ーファスは満足そうに笑みを浮かべた。

「私に食い殺される覚悟で、この館にやってきたんだろう？　それが今夜だったというだけだ」

食い殺されるのと、こういう行為をされるのとでは、かなりの差がある。これは残酷な方法ではあったが、死ぬわけではない。しかし、ライラのような何も知らない乙女にとっては、死に等《ひと》しい行為だった。

恐ろしくて、痛くて、何より自分のすべてが否定されるような行為だ。もう、元の自分には戻れない。村には戻れず、まして、父の元には戻れそうになかった。こんなふうに身を汚されたと知ったら、父は軽蔑《けいべつ》するに違いない。姉達も、他の村人達も……。

ああ、でも……わたしは生贄だもの。村の娘の誰もがしたがらないことを、引き受けたのよ。

感謝されるならまだしも、軽蔑されるなんて、絶対におかしい。食い殺されるのはよくて、純潔を失くすのはよくないなんて、おかしいに決まっている。

そう思ったところで、ライラにとって、なんの慰めにもならない。ライラは唇を噛み締めた。こんな屈辱を与えた彼が憎かった。

彼は平気な顔で、ライラの中を行き来している。彼の動きがもたらす刺激が、ライラの中で次第に大きくなっていく。気がつけば、彼が動くたびに、ライラは甘い声を上げてしまっている。認めたくはないが、とても気持ちがよかった。あんなに痛かったのが、嘘みたいだ。

彼の顔は冷酷な悪魔そのものだった。いや、彼に言わせれば獣なのか。無理やりこの行為を始めておきながら、口元には笑みさえ浮かべている。

彼は何度も何度も、ライラの奥まで突いてきた。快感が膨れ上がり、ライラはとても耐えられそうになかった。

「わたし……わたし……っ」

どうしたらいいのか判らなくて、口から意味不明の言葉が洩《も》れる。ルーファスはそんな彼女を抱き締めてきた。

その瞬間、何かが芽生えた。

彼に抱き締められると、胸に甘酸《あまず》っぱい想いが込み上げてきて、キュンとなった。こんな感覚は初めてで、ライラは戸惑いながらも、おずおずと彼の背中に手を回した。

こうしていると、身体がぴったりと合わさっているという気がする。それどころか、完全に重なっている。身体の内部まで。

何もかも不思議だった。ルーファスと身体を重ねていると思っただけで、自分の身体が妙に熱くなってくる。何故だか、身も心も愛されているような気がしてきて。

いや、それは幻想《げんそう》に過ぎない。

わたしは彼のことを知らない。彼もまたわたしには肉体的な興味しか抱いてないんだわ。これは束《つか》の間の行為なのだから。このことで、彼の瞳の冷たさが和《やわ》らぐとは思えない。彼は獣の心の持ち主だった。

それが判っているのに、ライラは今だけ愛されている気分でいたかった。こうしてしっかりと抱き合えば、心も通い合うような気がする。

唇にキスをされると、身体が燃え上がる。

もう……耐えられない。

ライラは再び絶頂へと上りつめた。身体の奥から頭の先まで灼熱《しゃくねつ》の衝撃が貫《つらぬ》いていく。それと同時に、ルーファスはぐっと己《おのれ》のものを奥まで突き入れて、身体を強張らせた。

そのまま二人は抱き合ったままになる。激しい鼓動や乱れた息、そして身体の熱はやがて引いていく。

ライラはこれで終わったと思った。

気だるい感覚に支配されて、動けない。ライラは自分と身体を重ねている男のことを考えた。無理やりされたことだが、結局はこれほどの快感を味わってしまった。ライラはこれからどうしたらいいか判らないのに、肉体だけはとても満足していた。

ルーファスは顔をゆっくりと上げた。その目を見た瞬間、ライラはぞっとした。

彼の瞳にはなんの表情もない。それどころか、むしろ冷ややかだった。軽蔑が入り混じったような目つきで見られて、ライラは身の置き所がなくなった。

どうして、そんな目で見るの？　わたしはなんにもしていないのに。

今も身体の一部分は繋《つな》がっている。そして、さっきまで快感を分かち合っていたはずだ。ライラのほうは彼に特別なものを感じ始めていたのに、彼のほうはまったくそうではなかったということなのだ。

あまりにも屈辱的だった。自分はただ彼に抵抗できずに、流されただけだ。そんな軽蔑したような眼差しで見られるような理由はどこにもなかった。

彼の身体がゆっくりと離れた。もう温かさなんて残っていない。ライラはひんやりとした空気を感じて、身を震わせた。

身を覆うものが欲しい。なんでもいいから。

ライラはベッドの周りを見回した。すると、自分のドレスや下着が散らばっているのが見えた。

それが今の自分と重なって見えて、涙が出そうになる。自分は打ち捨てられた服と同じだ。とても惨《みじ》めで、身体だけでなく、心の奥まで汚された気がした。

ふと気づくと、支度部屋に消えたルーファスが濡らした布を手に、戻ってきた。彼はきっちりと服を着込んでいる。そうだ。彼は服を脱いでいなかった。大事なところだけを露出《ろしゅつ》した状態で、自分と交《まじ》わったのだ。

ああ、あれは確かに交わりと呼ぶべきものだった。家畜《かちく》や馬が交わるのを見たことがある。あれと、ほとんど変わりはなかった。今まで、そんな交わりを目にしても、まさか人間が同じようにするとは思ってもいなかったのだが。

ルーファスは無造作《むぞうさ》にライラの脚に手をかけたかと思うと、布で汚れた部分を拭き取った。そんなことまでしてくれると思わず、ライラは礼を言おうとしたが、彼の瞳が冷たいままだということに気づいて、声が出なかった。

これは単なる後始末だ。別に自分を気遣ってくれたわけではなく、きっといつまでもここにいられると邪魔だからだろう。

ライラは涙を呑み込んで、無言でベッドを下りると、散らばった服を身につけていった。ドレスのボタンをはめるときには手が震えたが、それはきっとルーファスにじっと見られているせいだろう。

ドレスを身につけて、髪を手で直した。これで用事は終わりだ。ライラが領主にこんな辱めに遭わされたことは、きっと明日には召使い仲間に知れ渡っているだろう。セレン自《みずか》らが手を貸したことだから。

それとも、セレンは黙っていてくれるかしら。

セレンはおしゃべりな女中とは違うが、この館で起こることは、いずれみんなの耳に入るだろう。そういうものなのだ。

ライラは溜息をつき、勇気を出してルーファスを見た。彼は寛《くつろ》いだ様子で、肘掛《ひじか》けのついた椅子に腰かけて、じっとこちらを見つめていた。

「他に御用がなければ……わたしはこれで失礼します」

声が震えていたが、ライラはきっぱりと言い切った。ルーファスは馬鹿にしたような目つきをしたものの、黙って頷いた。

好きなように弄んだら、もうどうでもいいって言うのね！

男性は欲望を抑《おさ》えられないものだと、どこかで耳にしたことがある。あのときは意味が判らなかったが、今なら判る。彼は欲望を抑えられず、ライラに手を出した。ライラを娼婦《しょうふ》か何かのように扱《あつか》ったのだ。

でも、わたしは娼婦じゃないわ。こんな屈辱を受けたけど、それは彼のせいであって、わたしのせいじゃない。

ライラは背筋をぴんと伸ばし、彼にお辞儀《じぎ》をすると、部屋を出ていこうとした。

「明日の夜もここへ来るんだ」

ライラの背中が強張った。恐る恐る振り返る。彼の顔が蝋燭の炎に照《て》らされて、なんだか不気味に見えた。

「わたしは……女中ですから。娼婦じゃありません」

ライラは感情的になりそうな自分を抑えて、そう言った。

「明日からおまえは私の愛妾《あいしょう》となる。その代わり、他の仕事はしなくていい。昼間は好きなことをして、遊んでいればいいのだ」

ライラの身体の中が屈辱感で熱くなった。これほど侮辱されことはない。純潔を奪われただけでも死にたいくらいの気持ちなのに、これ以上、こんな愚《おろ》かなことを繰り返す気はない。

ライラは拳《こぶし》をぎゅっと握り込んだ。

「わたしは愛妾なんかになりません！　そんな無茶を言われるくらいなら、村に帰ります！」

ルーファスはライラの言葉を鼻で笑った。

「おまえの帰る場所はすでにない。おまえは村を追い出されたんだ」

「いいえ。そんな……追い出されたわけじゃ……」

「おまえは獣の領主へ生贄として差し出された。つまり、殺そうが抱こうが、私の勝手ということだ」

そんなわけはない。しかし、村人達や父や姉達がしたことは、そういうことだ。食い殺されるという噂が真実であるにしろ、偽《いつわ》りであるにしろ、彼らにとっては同じことだった。

ライラは必要ではない。ライラは死んでもいい。

つまり、そういうことだった。

今更ながら、ライラは愕然《がくぜん》とした。自分は今まで彼らのことをよく思おうとしてきた。自分が選ばれたことは仕方がないのだと。

村の娘の誰も行きたくないのは同じだ。父は牧師だから、村人のために娘を差し出さなくてはいけない。そして、器量よしの姉より、どうでもいい末娘の自分なら、死んだとしても、大《たい》して惜《お》しくはない、と。

今まで自分を偽ってきたのは、ライラのほうだった。現実を直視したくなかった。誰からも求められていないと、考えるのは嫌だったのだ。

「それでも、わたしは……牧師の娘です。娼婦のような真似は……」

「娼婦のような真似？　それは、今さっきまで、おまえがベッドで乱れていたことか？　私を誘うように腰を動かして、背中に手を回してきたが、そういうことを指すんだろう？」

ライラは反論できなかった。自分は彼に抱かれて、乱れていた。彼が与えてくれる愛撫に夢中になっていたのだ。

「わ、わたしは……」

「村でこんな噂を振りまくこともできる。牧師の娘ライラ・フェルトンは淫《みだ》らな男好きで、領主を誘惑したと……」

「そんな！」

それは脅《おど》かしだ。けれども、彼はそんな無慈悲な真似をしようと思えば、いくらでもできるだろう。

彼を怒らせてはいけない。しかし、ライラはもう彼と獣のように交わるのは嫌だった。

「ライラ……」

ルーファスが立ち上がり、近づいてきた。心臓が早鐘《はやがね》を打つ。何かが怖かった。ライラは悲鳴を上げて、逃げ出したかったが、声は出なかったし、脚も動かなかった。

ルーファスの両手が肩に触れた。彼はライラを自分のほうに引き寄せると、容赦なく唇を奪った。

ああ、もう……。

こんなことをされたら、彼に抗えない。この冷たくて傲慢で美しい獣から、逃れられない。

ライラはすでに彼の虜《とりこ》となっていた。

第二章　欲望の代償《だいしょう》

ライラはルーファスの愛妾《あいしょう》として、館《やかた》で暮らすことになった。

といっても、ライラは雑用をなんでも引き受ける下働きの女中だった。いきなり愛妾なんかになれるはずがない。いつもの時刻に目が覚め、ライラは眠い目を擦《こす》りながら、屋根裏部屋のベッドから起き上がった。

身体が痛い。いや、ある部分に違和感がある。どうして、そうなったのかを思い出して、ライラは顔をしかめた。

昨夜のことは夢だと思っていたのに……。

残念ながら、現実は変えられなかった。昨夜、ルーファスに純潔《じゅんけつ》を奪われて、彼の愛妾になることを承諾《しょうだく》させられた。しかも、あれからもう一度、彼に抱かれて、また快感《かいかん》の渦《うず》に巻き込まれてしまった。

なんて馬鹿《ばか》なの、わたしは。

せめて感じたくなんかなかったのに、彼の巧《たく》みな愛撫によって、何度も高みに押し上げられてしまった。すべてが何かの間違いだったと思いたいが、きっとそうはいかないのだろう。

ライラは我が身の不運を嘆《なげ》いた。ルーファスがどうして自分なんかに興味を持ったのか判らないが、こうなってしまったからには、彼が飽《あ》きるまで弄《もてあそ》ばれてしまうに違いない。

彼がせめてもう少し人間らしい心の持ち主だったらよかったのに……。

ルーファスの容姿はたった一点を除《のぞ》いて、非の打ち所がなかったし、何より彼の紺色《こんいろ》の瞳にはなんだか惹きつけられてしまうものを感じていた。恐らく最初の出会いの日から。それはキスされれば、うっとりしてしまうし、彼に触られれば身体が蕩《とろ》けてきてしまう。それは単に、彼の容姿がいいからという理由ではないだろう。

彼はきっとあのときから、この機会を窺《うかが》っていたんだわ。

あの日以来、ライラは何度もルーファスの視線を感じていたのだ。そして、ライラもまた彼のことが気になって仕方がなかった。姿を現すことはなかったが、いつも見られているという意識は常にあった。

見られるだけなら別にいいが、領主だからといって、無理やり自分をこんな惨《みじ》めな立場に追いやるなんて、あまりにも横暴《おうぼう》だった。卑劣《ひれつ》で傲慢《ごうまん》で冷酷《れいこく》な人でなしだ。しかし、どんなに悪口を並べ立てたとしても効果はない。彼自身が、自分を獣《けもの》だと言っているくらいだから、人の心はとっくに失っているに違いない。

ライラは身づくろいをして、溜息をついた。

わたし、これからどうなるのかしら。

昨夜、彼はライラを存分に抱くと、さっさとどこかに行ってしまった。一人残されたライラは、そっと自分の部屋に戻ってきたのだ。疲れきっていたものの、他人のベッドに寝る習慣などないからだ。

もちろん、昨夜のことは、すぐにみんなに知られてしまうに決まっている。これから自分がどんな生活を送るか判らないが、明日の夜も来いと命令してきたからだ。そんなことを繰り返していたら、館中の召使いが知らぬふりをしてくれるわけがない。

明日の夜って……もう今夜ってことよね。そう思って、ライラはまた溜息をついた。

確かにルーファスの言うとおり、最初は食《く》い殺される覚悟ができていたのだ。だとしたら、生き延びられただけでも大したものだ。どうせ、村では死んだものと思われているに違いないのだから。

しかし、領主の慰《なぐさ》みものになるくらいなら、食い殺されたほうがやはりよかったかもしれない。そうすれば、少なくとも、自分はみんなの犠牲になった高潔《こうけつ》な乙女ということになるからだ。

ともかく、ライラは髪をリボンでひとつに結ぶと、屋根裏部屋から狭い階段を通って、一階へと下りていった。

本当は誰とも顔を合わせたくない。昨夜のことはみんな知っているのだろうか。自分が領主にベッドに引きずり込まれ、純潔を失ったのだと知られたら、恥ずかしくて仕方がない。

けれども、このままずっと、誰とも顔を合わせずにいられるわけではないのだ。ライラはいつものように厨房《ちゅうぼう》に足を踏み入れた。

「おはようございます!」

明るく挨拶すると、みんなが同じように挨拶を返してくる。ライラはほっとしながら、井戸へと向かった。そこにはジュークがいて、水汲《く》みをしている。

「おはよう、ライラ」

彼もまた朗らかに挨拶を返してくれた。

「掃除するときの水か? ちょっと待ってくれ」

ジュークはライラが持ってきたバケツに、水を汲んでくれた。彼はとても親切だ。それだけに、昨夜のことが胸に引っかかる。ジュークとはなんの関係もないことと思いながらも、彼が自分に向ける視線が優しいからこそ、余計に我が身が穢《けが》れてしまったことを意識してしまうのだ。

「ありがとう。親切なのね」

「でも、誰にでも親切なわけじゃないさ」

彼はそう言って、爽《さわ》やかに笑った。ライラはなんと答えていいか判らなかったが、ここは冗談だと思っておくことにする。

バケツと雑巾《ぞうきん》を持って、書斎へと向かう。ルーファスが起きてくるまでに、掃除を済ませておかなくてはならない。ルーファスはどんな部屋より書斎が好きなのだ。一番、綺麗にしておかなくてはならない場所だ。

昨夜は寝るのが遅かったから、まだ眠いが、ぐずぐずしているわけにはいかない。

裏口から館の中に戻ったところで、セレンに会った。

「おはようございます、セレンさん」

気まずい思いを押し隠して、なるべく明るく挨拶をした。しかし、セレンはライラを見て、引き攣《つ》った顔になった。

「あなたは掃除なんてしなくていいのよ」

「え……でも、わたしは……」

「少なくとも、昨夜、私は領主様にそういう指示を受けたわ。あなたも……そうでしょう？」

彼はライラを抱く前から、そういう結論に達していたのだ。あれはやはり最初から計画されていたものなのだろう。

「セレンさんはすべてご存知だったんですね？」

ライラは裏切られたような思いだった。セレンは厳しいところもあったが、意地悪な人ではなかった。決して甘くはないけれども、物事の道理が判る人だと思っていたのに。

セレンは視線を逸らした。

「ごめんなさいね。でも、私は……私達は領主様には逆らえないのよ」

「逆らうと、恐ろしい目に遭うとか？」

「簡単に言うと、そういうことよ。領主様は従順な召使いがお好きなの。逆らったりしたら、身の破滅《はめつ》よ」

ルーファスはライラを脅《おど》したように、セレンもまた脅したのだろう。それどころか、ここで働く人達、みんなそうなのかもしれない。ただ、黙っているだけで。

なんて恐ろしい男なのだろう。やはり獣だ。人間らしい心がない。この館は彼が支配し、誰も逆らえない。給金が高いのは、きっとそのせいだ。そうでなければ、召使いはみんな逃げてしまうだろう。

「わたしはこんな道を歩みたくなかった……」

あまりにつらくて本音を洩《も》らすと、彼女は同情的な顔を見せたものの、それだけだった。

解決方法は何もないからだ。

「でも、明るい面もあるじゃないの。あなたは雑用なんてしなくていいの。お姫様みたいに遊んで暮らせるのよ。上手くいけば、ドレスや宝石だって買ってもらえるかもしれない」

ライラは唇を噛んで、首を振った。

「領主様は贅沢《ぜいたく》をなさる方ではないようだから、どうかしら。それに、いつまでも続くわけではないような気がします」

「そうね……」

セレンは同意しようとしたが、はっとして口を噤《つぐ》んだ。彼女の立場でそんなことを言えるはずもない。ただ、彼女は粛々《しゆくしゆく》として命令をこなすだけだった。しかし、そのほうがライラはありがたかった。

どんな慰めも意味はない。誰も助けてくれないのだから、ライラは自分が強くならなくてはいけないと思った。家族や村人達からは死んだも同然の身で、このままここで女中として働いていたとしても、この館で一生を終えなくてはいけないかもしれない。そもそも、ルーファスが許しを与えてくれない限り、自分は村に帰れないのだ。それこそ、生かすも殺すも、彼次第だった。

ルーファスがライラを愛妾にすると決めたのなら、ライラも含めて、みんながその決定に従わなくてはならない。そして、ライラがルーファスの愛妾になれば、他のみんなと同じように働くことは許されず、まして、以前のように親しく言葉を交《か》わすことができるとは思えなかった。

もっとも、愛妾なんて立場は娼婦《しようふ》のようなものだと思う。しかも、ルーファスの気持ちひとつにかかっている。自分は弄《もてあそ》ばれて、飽《あ》きられたら放り出されるのだろう。そして、その後どうなるのか、自分でも予測がつかなかった。

「領主様には、今までわたしのような立場の人はいたんでしょうか?」

「いいえ。今までは決して」

「じゃあ、わたしがこれからどうなるのか、誰も判らないんですね……。飽きられたら、わたしはこの館から放り出されてしまうのかしら」

セレンは何も答えなかった。彼女にだって、きっとそれは判らないに違いない。

「とにかく、あなたに新しいお部屋を用意されるように指示されたの。雑巾は置いて、こっちへいらっしゃい」

ライラは頷き、セレンの後をついていった。そのうち、この館の誰もが、ライラの新しい立場を知ることになるのだろう。憂鬱《ゆううつ》な気分だったが、もはや諦めの気持ちしかない。いくらそれが嫌でも、逃れようがないからだった。

ライラは二階の広くて綺麗な部屋に通された。居室と寝室に分かれている。しかも、その寝室はルーファスの寝室と繋がっていた。支度《したく》部屋が共有できるようになっていて、そこには専用の浴槽《よくそう》も設《しつら》えてある。

「わたしがこんなお部屋を使っていいんでしょうか」

ここは間違いなくルーファスの正妻が使う部屋だ。今のところ、顔を隠して、世捨《よす》て人のように暮らしている彼が結婚するようには思えないが、いずれはやはり妻を迎えることだろう。

そう考えてみて、ライラは胸がズキンと痛んだ。

嫉妬《しっと》……？

いいえ、どうしてわたしが嫉妬なんてするの？

単なる村娘で、女中をしていた自分が嫉妬するなんておかしい。それに、ライラは彼を愛しているわけではない。無理やり身体を奪われただけなのだ。

そう考えてみても、気分は晴れない。胸の奥がもやもやしてくる。特に、彼が自分を抱いたように、他の誰かを抱こうするのかと思うと……。

ライラは必死でその気持ちを抑え込んだ。

「ここを使わせるようにと指示したのも、領主様なの。あなたのことがよほどお気に入りなんだと思うわ」

まさか、そんなはずはない。ルーファスは気まぐれでライラを抱いた。そして、きっとすぐに飽きるだろう。自分は彼にふさわしい女性ではない。もっとも、夜、ベッドにほんの少し招き入れて、欲望を発散《はっさん》させるだけなのだから、ふさわしくなくても全然構わないのだろうが。

それにしても、彼はどうしてわたしを選んだのだろう。ライラはどう考えても、判らなかった。

「あなたの荷物はすぐに屋根裏部屋から持ってこさせるから」

「いえ、自分で取りにいきます」

セレンは悲しそうな顔で首を横に振った。

「もう、あなたは何もしてはいけないの。すべて領主様の言うとおりにしなくては」

ライラは驚いて、目を大きく見開いた。

「わたしは……領主様のお許しがなければ、何もしてはいけないんですか？　たとえば、庭を散歩することも……？」

「そうよ。あなたは領主様がいつ何時《なんどき》、お召《め》しになってもいいように、この部屋にいなくてはならないの」

セレンはこれ以上ないほどに、ライラの立場を示してくれた。これでは、籠《かご》の中の小鳥だ。自由はこの部屋の中だけ。豪華な部屋だが、ここはライラを閉じ込める鳥籠でしかなかった。

ルーファスは獣だ。しかし、自分はルーファスが飼っている小鳥なのだった。

ライラはじっと自分の掌を見つめた。己《おのれ》が追い込まれた状況を嘆《なげ》くしかないのだろうか。美しい声でさえずる小鳥のように。

「……判りました。ここにいます」

セレンはほっとしたようだった。ライラが反抗したとしても、彼女は説得するだけだろう。領主には誰も逆らえないのだ。

「それじゃ、朝食を持ってくるわね。まだ何も食べてないんでしょう？」

「はい……」

自分はずっとここで食事をすることになるのだろうか。だが、ルーファスもまた食堂で食事をすることなどない。きっと、あの仮面を外《はず》さなくては食べられないからだろう。必ず自分の居室で食べているようだった。

ああ、これから、わたしはどうなるのかしら。

彼が飽きるまで、ここにいなくてはならない。しかし、彼に飽きられたら、自分がどうなるのか、さっぱり判らなかった。

ライラの人生はすでに闇に閉ざされたと決まったようなものだった。


午後になって、ライラは居室の窓から外を眺《なが》めていた。屋根裏部屋の窓はかなり小さかったが、ここの窓は大きい。いつもなら、日中は忙しく、ぼんやり外を見るなんて贅沢《ぜいたく》は許されなかった。そして、夜に部屋に戻ってきたときには、外は真っ暗だった。

けれども、今のライラはすることもなく、ただ外を眺めるしかなかった。せめて、本があればいいのだが、ルーファスの許しもなしに、勝手に図書室など入れなかった。

しばらくして、何か物音がした。と思ったら、寝室の扉が開いて、ルーファスが姿を現した。共有の支度部屋から寝室を経て、こちらの部屋へとやってきたのだろう。彼は仮面をかぶっていなかったが、眩《まぶ》しい光に満たされた部屋に顔をしかめた。

「窓とカーテンを閉めろ」

彼はどうして自分の素顔《すがお》が嫌いなのだろう。傷跡など、大したことはないのに、彼はそれをひどいものだと思い込んでいるのだろうか。

よく判らないが、それでも自分の前では仮面をつけなくていいと思ってくれていることが、ライラはなんとなく嬉しかった。昨夜、あれほど親密に身体を近づけた相手だからこそ、心も少しくらい許してくれていると思った。

もちろん、それは間違いで、やはりライラのことなど、どうでもいいのかもしれないのだが。

言われたとおりにすると、彼はライラに近づいてきた。ふと、彼は顔を歪《ゆが》めた。

「おまえにドレスを買ってやらなくてはな」

彼はライラの服装がみすぼらしいことに気づいたのだ。今まで自分の服を当たり前だと思っていたから、そんなふうに言われたことで誇《ほこ》りが傷ついたような気がした。

「わたしは新しいドレスなんて……」

「私が不快《ふかい》だと言ってるんだ」

そう言われて、ライラは怯《ひる》んだ。そんなふうに傷つけても、彼は平気な顔をしている。

「仕立て屋を呼ぼう。美しいドレスを身につければ、おまえはもっと美しくなる。……そうでなければ、裸のままがいいな。おまえはどっちがいい？」

比べるまでもないことだ。ライラは慌てて答えた。

「領主様が買ってくださるドレスがいいです」

「そうだろう」

ルーファスは満足そうに答えて、ライラの頬に手を当てた。彼の手に触れられたところが、妙に熱く感じられる。思わずライラはうつむいてしまった。

「おまえは私の気持ちをかき乱す。ああ、こんなふうに美しい髪をまとめるな」

彼はライラの髪を結んでいたリボンを解いた。すると、背中に豊かな髪が広がった。ライラの髪は腰まである。ルーファスはそれに手を差し込んで、梳《す》いていく。

それが何故だか気持ちよくて、ライラは目を閉じて、うっとりした。

「いい顔をしている」

ルーファスはライラに唇を重ねてきた。彼の舌が入ってくると、ライラはそれに自分の舌を絡めた。昨夜、何度もキスをされて、教え込まれたことだ。こうして、彼に従順な愛妾が出来上がるのだろう。

舌を絡めていると、下腹部がじんと痺《しび》れてくるのを感じた。これもまた、昨夜、学んだことだ。両脚を広げられて、いろんなところにキスをされた。そして、指を差し込まれて、何度も出し入れをされて……。

ライラは彼のものが自分の中に入ってきたときの感覚まで思い出していた。

唇を離されたものの、ライラは立っていることができずに、彼にしがみついてしまう。

「一体、何を考えていたんだ？」

からかうように言われて、ライラは頬を真っ赤にする。そんなことを口に出して、言えるはずもない。

「まあいい。それは私も同じだ」

彼に腰を押しつけられて、ライラはビクッと震えた。彼の股間が硬くなっているのが、はっきりと判る。

「これから、書斎で書類を見るつもりだったが……こんな状態では無理だな」

だからといって、日も落ちてないのに、ベッドに入ることはないだろう。ライラはそう思って、彼を上目遣いに見つめた。彼はにやりと笑う。

「せっかくだから、おまえに慰めてもらおう」

ルーファスはライラの手を引いて、自分だけ肘掛《ひじか》け椅子に腰を下ろした。そして、ズボンの前立てのボタンを外して、中から硬くなったものを取り出す。ライラは目を瞠《みは》って、それを凝視《ぎようし》した。

薄暗い室内でも、その形がはっきりと判る。昨夜はあまり見なかったから、今更ながら、ライラは驚いた。

あれが、わたしの中に入ったの？

とても信じられない。けれども、間違いであるはずがない。ライラは彼のもので何度も貫《つらぬ》かれたのだ。

「おまえの口で慰めてもらいたい」

「く、口で……？」

ライラは自分がされたことを思い出した。彼はライラの脚を開いて、貪《むさぼ》るようにキスをして、舌で舐《な》めた。それと、同じようなことをしろと言っているのだ。

「わたし……」

声が震える。できませんとは言えない。彼がそう望むなら、しなくてはならなかった。

意を決して、彼に歩み寄ると、跪《ひざまず》こうとする。

「それだけでは面白くないな。服を脱げ」

ライラは愕然《がくぜん》とした。彼は裸になれと言っているのだ。まだ日は高い。いくらカーテンを閉めているとはいえ、夜でもないのに、脱がなくてはならないのだろうか。

ライラは助けを求めるようにルーファスを見たが、彼は命令を取り消すつもりはないようだった。仕方なく、前ボタンに手をかける。

粗末《そまつ》なドレスを床に落とすと、シュミーズとペチコート一枚と下穿《したば》きだけだ。貴婦人のようにコルセットをつけているわけではない。つけたら、水汲みなどの労働はとてもできないからだ。

「もちろん、全部脱ぐんだ。一糸《いっし》まとわぬ姿が見たい」

ライラは彼の残酷さに切りつけられたような気がした。震える手でペチコートとシュミーズを脱ぎ、それから下穿きも取り去る。

思わず両手で胸を覆うと、ぴしゃりと叱《しか》りつけられる。

「胸を隠すな。こちらを見ろ」

涙を堪えて、彼の言うとおりにする。貪るような目つきで見つめられて、脚が震え出した。

「……いいぞ。ここに跪け」

ライラは何故だか救われたような気がした。少なくとも、彼の貪欲《どんよく》な視線に晒されるより、跪くほうがよほどいい。彼の前に跪くと、股間のものが目の前に来る。

これを口で……？

彼の言う、慰める方法なんて知らない。けれども、何もしなかったら、きっと叱られるだろう。ライラは意を決して、そこに口を近づけた。

彼の脚の間に顔を埋める。彼の腰に手を回して、抱き寄せるようにして、必死でそれに舌を這《は》わせた。

胸がドキドキしてくる。なんてはしたないことをしているのだろう。そう思いながらも、自分は興奮しているようでもあった。

昨夜、自分がベッドでされたことを思い出しながら、懸命にそれを舌で舐めていく。本当のことを言えば、具体的にどうしたらいいのかよく判らないが、彼もきっと気に入るだろう。

先端を舐めているうちに、ふとライラはそれを口に含んでみた。彼が呻《うめ》くような低い声を出したので、慌てて口を離して、顔を上げる。

「すみません。痛かったですか?」

ルーファスの紺色の瞳はふっと和らいだ。

「いや……。痛くない。続けてくれ」

彼の目が優しくなったような気がして、ライラは少しほっとして、その行為を続けた。何度か彼のものを口に含んでいると、上から声がかけられる。

「もっと深くくわえてくれ」

言われたとおりにしてみるが、全部は口の中に納まらない。それでも、こうして深くくわえれば、彼は気持ちよくなるのだろう。最初は命令されて、嫌々ながら始めたことだが、ライラは次第にこの行為に夢中になっていた。

まるで愛《いと》しい人を喜ばせているかのように錯覚《さっかく》をしてしまう。ルーファスは領主で、自分は脅かされて、無理やり愛妾にさせられたというのに。

「もういい……。立て」

彼の上擦《うわず》った声が聞こえ、ライラは言われたとおりにした。彼はライラの腰を掴むと、自分の膝の上に座らせた。まるで彼を椅子にしているようで、ライラはうろたえた。

「いやっ……」

ルーファスは低く笑いながら、ライラの脚の間を探った。

「濡れてるじゃないか。裸で私のものをくわえながら、興奮していたということだな」

図星を指されて、ライラは真っ赤になった。

「そ、そんなことっ……」

彼は人差し指と中指をそろえて、ライラの内部に差し入れた。

「嘘つくな。ほら、こんなに簡単に入る」

彼の言ったとおり、指がずぶずぶと挿入されて、反論できなくなった。しかも、彼が指を出し入れするたびに、淫靡《いんび》な音が聞こえてくる。興奮しているのは判っていたが、そこまで自分が潤《うるお》っているとは思わなかったのだ。

「これくらい濡れているなら、大丈夫だろう」

ルーファスは指を引き抜くと、ライラの太腿の裏に手を入れて、大きく広げた。何をされるのだろうと思っていたら、そのまま持ち上げられて、腰が浮く。潤んだ秘部に、彼の硬くなったものが当たった。

「えっ……いやぁっ……」

無理だと思った。こんなふうに挿入されるはずがないと。しかし、彼はぐいと自分の腰を突き上げてきた。

「あぁっ……」

奥まで彼のものが入ってくる。完全に二人の腰は重なり、ライラは日が高いうちから彼に抱かれているという事実に、呆然とする。こんなことはしたくない。けれども、逃れるすべはなかった。

「正面を見てみろ」

顔を上げると、正面の壁に大きな鏡があった。服を着ているルーファスの膝の上に、裸の自分が脚を広げて座っているのが映っている。

「目を逸《そ》らさずに見ていろ。ほら……」

彼はライラの脚を更に広げた。二人の繋がっているところがはっきり見える。

「おまえが私のものをしっかりくわえ込んでいるところが、見えるだろう？」

挿入したのは彼のほうなのに、まるでライラが望んでこうしたかのように、彼は言う。

頬が真っ赤になっている。だが、上気しているのは羞恥《しゅうち》からだけではないことを、自分でも判っていた。

身体の奥まで彼のもので満たされている。自分のすべてが彼に侵《おか》されているのだと思うと、どうにも不思議な気持ちになってくるのだ。魂まで支配されているような気がしてならない。

ライラを下から突き上げるようにして、彼は動き始めた。もう、鏡なんて見ていられなかった。快感に喘《あえ》ぐ自分の姿など見たくない。それに、彼が動くたびに、ライラの身体は痙攣《けいれん》するように震えて、たまらない快感を味わっていた。

身も心も、彼に占領されてしまいそうで怖い。けれども、もうそんなことなどどうでもいいと思っている自分もいた。

不意に、ライラは身体を持ち上げられた。身体を貫いていたものが抜けていく。ルーファスは立ち上がると、くるりと反対を向き、ライラを椅子に座らせた。といっても、椅子の背がライラの目の前にある。

腰を引き寄せられ、後ろからまた貫かれる。

「ああっ……！」

ライラは思わず声を上げて、椅子の背もたれにしがみつく。彼はライラの両方の乳房を掴み、揉みしだく。

「やっ……あっ……あん」

乳首が指でこね回されている。後ろから何度も奥まで突かれて、ライラは次第に自分の身体を巡る熱のことしか考えられなくなっていた。

椅子の背もたれを掴む指の先まで熱い。身体の中を嵐が吹き荒れていて、それは彼に突き上げられるたびに、強くなっていた。

快感の渦《うず》に全身が浸っている。

「もう……もうダメ……っ」

ライラは背もたれにしがみついたまま、絶頂《ぜっちょう》に押し上げられた。鋭い快感に貫かれ、ライラは身体を強張《こわば》らせた。すぐに、ルーファスが腰をぐいと押しつけてくる。内部で彼が弾《はじ》けたのが、はっきりと判った。

ライラは余韻の中、目を閉じた。あまりにも強い快感が自分を惑わせている。

自分が彼に惹かれる気持ちは、彼と同じようにただの欲望なのかもしれない。いや、いっそそのほうがよかった。彼に心を捧《ささ》げてはいけない。それだけは確かだった。

彼のほうは、きっとライラを顧《かえり》みないだろうから。

ライラは彼にとって、きっと御《ぎょ》しやすい純朴《じゅんぼく》な村娘に違いなかった。

第三章　ルーファスの傷跡

翌日になると、仕立て屋がやってきた。

村にいる仕立て屋とは違う。彼女の服装はとてもおしゃれで、大きな町からやってきたという雰囲気があった。

仕立て屋の主人は女性で、彼女は手際《てぎわ》よくライラの身体のサイズを測《はか》った。ライラが粗末なドレスを身につけていることも、あまり気にしていないようだった。ひょっとしたら、こういうことには、慣れているのかもしれない。ルーファスではなくても、貧しい女を愛妾に据《す》える領主が他にいてもおかしくなかった。

彼女は生地《きじ》やデザインの見本をライラに見せて、どんなドレスがいいのかと尋ねてくる。

「わたしはよく判らなくて……」

「それでは、最新流行の型に致しましょう」

仕立て屋の女主人はさらさらと紙にドレスの形を描いた。それは素敵なドレスで、ライラは自分がそんな上等のドレスを作ってもらってもいいのだろうかと思った。

「今回、領主様より日常着が欲しいというお話をいただきましたが、いずれはお出かけのドレスや舞踏会のドレスをお作りしたいですね」

女主人に愛想笑いをされながら言われて、ライラは驚いた。この上等な布が日常着のものとは思えなかったからだ。とはいえ、領主様の愛妾ともなれば、館の中で着るものも、ちゃんとしたものでないといけないのだろう。

しかし、外出用や舞踏会用のドレスを作ることはない。ルーファス自身が舞踏会はもとより、外出などしそうにないからだ。いや、外に出ないわけではない。みんなが寝静まった夜中に、彼が乗馬をするという話を聞いたことがある。

ともあれ、彼がまともな生活をしていないのだから、ライラにもそれに合わせることを要求してくるだろう。舞踏会なんて夢のまた夢で、結局のところ、どんなにたくさんのドレスを作ってもらったとしても、やはり自分は籠の中の小鳥だった。彼の意のままに動かされるだけだ。

仕立て屋は、ルーファスから指示を受けたセレンが注文したという下着や小物などをたくさん置いていき、ドレスをなるべく早く仕立てると約束して、帰っていった。

一人、部屋に残ったライラは溜息をついた。自分はこれからどうなるのだろう。着飾った貴婦人のようになるのだろうか。そんな自分はとても想像できなかったが。

そもそも、自分はなんのために綺麗なドレスを着るのだろう。別に、どこに行くわけでもない。館の中にいるのなら、粗末なドレスでもいいはずだった。それに、ルーファスが飽きるのが早ければ、ライラのために作ったドレスは無駄《むだ》になってしまう。

　そんなことを考えているうちに、日は傾いてきた。ルーファスはもう起きているはずだが、自分のところへは顔を出さない。まっすぐ書斎にでも行ったのかもしれない。しかし、そのほうがいい。昨日みたいに、日が落ちる前に、あんな真似をされるのは嫌だ。せめて、あの行為は、夜のベッドの中だけにしてほしかった。

　ライラ自身も感じて、乱れてしまったのだが、もうそのことは思い出したくない。とにかく、ルーファスと二人きりにはあまりなりたくなかった。ライラは彼に逆らえなかったし、彼はライラを見ると、いつも恐ろしい衝動を抑《おさ》えきれなくなるようだったからだ。

　だが、ライラは夜を前にして、とうとう退屈に耐え切れなくなっていた。一人きりで、部屋にこもっているのはつらい。元々、ライラは朝から晩まで働いていた。そんな自分がじっとしていられるわけがない。

　部屋を出て、階段を下りる。表の階段ではなく、いつも使っている裏階段を使用する。召使いのための狭い階段だが、こちらのほうが慣れている。というか、自分が表階段を使っていいのかどうか判らなかった。

　どんなに装《よそお》ったところで、自分は貴婦人ではない。それに、今は粗末なドレスのままだ。こちらの階段を使うほうが似合っている。

階段を下りていると、ジュークが上ってくるのに出会った。ライラは習慣で、ジュークに笑いかけた。しかし、彼は顔を強張らせて、立ち止まった。

ライラは自分の立場を思い出した。自分はもう下働きの女中ではないのだ。領主に純潔を汚《けが》されて、愛妾となった哀《あわ》れな娘だ。いや、哀れと思ってくれるならまだいい。ジュークの目には、憤《いきどお》りや軽蔑《けいべつ》の気持ちが表れていた。

ショックだった。今まで味方だと思っていた彼でさえ、こんな目で見てくるのだ。きっと、みんなそうなのだろう。

ライラは自分の身が汚れているという思いを強く感じて、唇を噛み締めた。

ジュークは脇によけながら、硬い声で言った。

「この階段じゃないだろう？」

「……え？」

意味が判らず、問い返した。

「この階段は使用人のものだ」

つまり、ライラはこの階段ではなく、表の階段を使うべきだと言っているのだ。いや、正確にはそうではない。この階段を使うなと言っている。ここはおまえの来るところではない、と。

「ジューク……わたし……」

ライラは自分の気持ちを判ってもらいたかった。自《みずか》ら望んで、領主の愛妾となったわけではないことを知ってもらいたかった。ジュークはあれほど優しかったのだから、説明すれば判ってもらえるはずだと思った。

しかし、彼は冷たい態度でライラを跳《は》ね除《の》けた。

「俺に話しかけないでもらえますか？　領主様に誤解されると困るから」

ルーファスが何を誤解するというのだろう。だが、はっきりと判ったことがある。ジュークはもはやライラを仲間だとは思っていない。親切にするに値《あたい》しない人間だと、軽蔑しているのだ。

「……判ったわ」

ライラは涙を堪《こら》え、彼の傍《そば》をすり抜けて、階段を足早に下りた。別にジュークに恋をしていたとか、そういうわけではない。けれども、気持ちのいい人だと思っていたし、優しい人だと思っていたのに、冷たくされて、傷つかないわけがなかった。

ルーファスが憎かった。彼はわたしから何もかも奪ったのだ。

純潔も、人としての尊厳《そんげん》も、そして、ライラのこれからの人生も。

村人にいくら白い目で見られても、姉にせっつかれても、自分が奉公《ほうこう》に上がるなんて言わなければよかった。

わたしだって、望んでここに来たわけじゃない。食い殺される覚悟なんて、本当はなかったのに。みんながそう望むから、そんなふうに流されてしまった。

みんながライラを、取るに足りない人間だと、ずっと思っていた。それに、そんなふうに扱ってきた。だから、自分もそんなふうに思うようになっていた。懸命に努力しても、誰からも認めてもらえない。美しく魅力的な姉達ばかりが注目されて、自分はほとんど関心を払ってもらえなかった。

実の父親でさえ、ライラのことはどうでもいいようだった。母が生きていた頃はまだよかった。母は公平な人で、ライラのことも愛してくれていたからだ。しかし、母が亡くなってからは、誰からも相手にされなくなっていたように思う。

自分が獣の領主のところへ行くと言ったときに、やっと認めてもらえたように思った。ライラはその一時の嬉しさのためだけに、自分の人生を売り渡してしまったのだ。そして、こんな運命が待ち受けているとも知らずに、館にやってきた。

ルーファスはどうしてわたしを放っておいてくれなかったのかしら。

彼が放っておいてくれさえすれば、ごく普通の女中でいられたはずだ。けれども、彼の決断が自分の人生を狂わせてしまった。彼がライラに飽きたとしても、自分はもうこの館の女中には戻れないのだ。いや、それは判っていたはずだが、実際にジュークの態度に接してみて、身に染《し》みて理解できた。

ライラは一階にある書斎に向かった。そして、ドアをノックする。

「入れ」

くぐもった声がする。ルーファスは仮面をつけているのだ。

ドアを開けると、確かに仮面をつけたルーファスが執務机《しつむ》についていた。羽根ペンを持ち、書類に何かさらさらと書いている。

「なんだ？　今はおまえに用はない」

ルーファスもまたライラを冷たく突き放した。彼は欲望を感じたとき以外には、ライラに用がないのだろう。

ライラは傷つきながらも、自分の用件を口にした。

「退屈なんです。何か本を貸してもらえませんか？」

「本だと？　おまえは本が読めるのか？」

ライラの頬にさっと赤く染まった。字が読めないと思われていたのは、屈辱的《くつじょくてき》だった。

「わたしの父は牧師です。牧師の娘は本を読めるよう、教育されています」

「ああ……そうだったな」

ルーファスは素《そ》っ気《け》なく言うと、手で本棚を示した。

「好きな本を選ぶがいい。私の邪魔にならないようにな」

「はい……。ありがとうございます」

ライラは悔《くや》しかったが、礼を言った。こんなふうに、誰からも蔑《ないがし》ろにされるのは、自分の運命なのかもしれない。そう思いながら、本棚に向かった。

本棚には、革の表紙の立派な装丁《そうてい》の本がたくさん並んでいる。ライラは何冊か手に取って、吟味《ぎんみ》し、三冊の本を選んだ。

「それから、よろしければ、お庭を散歩する許可をいただきたいんですが」

「いいだろう。ただし、逃げたら、どうなるか判っているだろうな？」

ルーファスは卑劣《ひれつ》な脅かしをかけてくる。逃げて、どうなるだろう。今のライラには、何も残されていなかった。村には戻れない。戻る場所もない。きっと、誰にも歓迎されないだろう。それどころか、館に戻れと言われるに決まっている。

かといって、今まで生まれ育った場所を離れて、どこに行けると言うのだろう。どこにも行けるはずがない。逃げたところで、過酷《かこく》な運命から逃れられるわけがなかった。

「わたしは逃げたりしません」

ライラはきっぱりと言った。籠の中の小鳥であっても、言いたいことは言う。ルーファスを怖がって、何も言えずにいたら、きっと後悔するだろう。こんなふうに自分の尊厳を黙って踏《ふ》み躙《にじ》られるに任せていたら。

ルーファスはいずれライラの身体に飽きるだろう。そうなったときに、少しでも何か自分に残しておきたかった。自信でも、尊厳でも。なんでもいい。何もかも失ってしまったら、自分のことが嫌いになってしまう。今でさえ、とてもつらいのに、これ以上、つらくなりたくなかった。

「ほう……。逃げるつもりはないと？」

「はい、そう言いました」

「私は約束なんて信じない。誓いもな。だから、おまえが逃げないと言えば言うほど、怪《あや》しく思えてくる」

なんて疑り深いのだろう。ライラはぞっとした。彼には人を信じる心はないのだ。彼は獣だから……？　いや、違う。彼が自らそういう心を捨てているからだ。彼は獣であろうとしている。人間らしい温かな心を拒絶していた。

ライラは彼を哀れに思った。だが、そんな哀れみを、彼が嫌っていることも、なんとなく判っていた。獣だなんだと口にするが、実際には誰よりも誇り高い人間なのだろう。

「信じなくてもいいです。わたしは約束を守りますから」

ライラはそう言うと、彼に丁寧《ていねい》なお辞儀《じぎ》をした。そして、三冊の重い本を抱えて、書斎を出ると、今度は表の階段を上がった。

階段や階段の手すりを掃除するとき以外は、ここを使うことはなかった。だが、ライラはうつむくことなく、さっと顔を上げた。そして、ゆっくりと踏み締めるように、階段を上っていった。

ルーファスはライラが立ち去るのを見て、何故《なぜ》だかほっとした。

彼女が同じ部屋にいると、不思議な気持ちになってくる。どうにも落ち着かなくなるのだ。傍《そば》に行き、彼女に触れたくなる。触れたら、きっとキスもしたくなり、その先まで進んでしまう。

こんなに欲望が抑えられないのは、何故なのだろう。思えば、彼女を一目見たときからそうだった。絶世の美人というわけではない。もちろん美しくないわけではないが。けれども、美しさ以上に、彼女には独特の可憐《かれん》さがある。汚れなき純粋さと言ってもいい。

ルーファスはふっと唇を歪《ゆが》めて笑った。

その汚れなき純粋さを摘《つ》み取ったのは、他ならぬ自分だ。しかし、どうしても汚してやりたかったのも、事実だ。彼女を凌辱《りょうじょく》して、支配して、貶《おとし》めたのに、彼女が今でも楚々《そそ》として、自分というものを保っているのは奇跡的だった。

もっと、彼女を貶めるべきか。だが、そんなことをして、なんになるだろう。確かに、彼女がこの館に来てからというもの、ルーファスは苛々《いらいら》しどおしだった。彼女の明るい笑い顔を見て、笑い声を耳にして、それをどれだけ踏み躙《にじ》ってやりたくなったことか。

それとは裏腹に、彼女を傷つけたくないという気持ちも、少しはあった。

もっとも、そんな理性の声に耳を傾《かたむ》けることなく、ルーファスは彼女を自分のものにした。ベッドに引きずり込み、裸にして、純潔を奪った。それは目も眩《くら》むような快感で、ルーファスはその虜《とりこ》になってしまったのだ。

こんなはずではなかったのに……！

彼女に屈辱を味わわせられれば、それでよかったのだ。ほんの一時《ひととき》だけ自分の愛妾にして、もう二度と、彼女が笑うことがないようにすればよかっただけだ。

それなのに、ルーファスは彼女を手放せなくなっていた。いや、いずれ彼女には飽きるはずだ。これはきっと彼女の肉体に惹かれているだけだ。あまりにもよかったから、また抱きたいと思ってしまうだけで。

肉体はそのうち衰《おとろ》えてくる。どんなに美しく装《よそお》ったとしても、それは同じだ。それに、自分は彼女の肉体以外のものに魅力を感じているわけではない。美しいものには必ず陰《かげ》りが出てくる。そのときには、彼女を抱きたいなどと思わなくなるはずだった。

これは、ほんの一時のことだ。せいぜい、彼女に綺麗なドレスを与えて、喜ばせてやろう。それから、残酷に捨ててやる。それが獣の領主と呼ばれる男にふさわしい行動だ。

彼女に深入りしてはならない。自分は彼女の身体を利用するだけだ。そして、自分を苛立《いらだ》たせるあの笑顔を見ずに済めば、それでいい。

ルーファスは仕事に戻ろうと、手元の書類に目を落とした。彼女のことが頭にちらついて、どうにも集中できない。彼女の部屋まで追いかけていって、この腕に抱きたかった。

ダメだ。そんなことをしていたら、ますます彼女に溺れてしまうことになる。

ルーファスは立ち上がり、カーテンの隙間から外を眺めた。馬に乗るには、日が沈むまで待たなくはならない。自分の素顔を晒《さら》すのは嫌だが、仮面をつけたまま乗るのは気が進まない。自分の領地の中とはいえ、人目がどうしても気になるからだ。

視界に、ライラの姿が入ってきて、ルーファスは一瞬、見間違いかと思った。あまりに彼女のことばかり考えていたから、幻が見えたのかと思ったくらいだ。しかし、彼女は庭を散歩していいかと訊いてきた。自分が承諾《しょうだく》したから、早速、庭に出てきたのだ。

彼女の様子はいつもと違う。こうしてカーテンの陰から何度も見たことがあるが、彼女はいつも溌剌《はつらつ》としていた。仕事で疲れていても、どこか彼女は元気そうで、幸せそうでもあった。

今の彼女は違う。やつれたような印象があった。幸せそうには見えない。いや、幸せそうに見えたとしたら、ルーファスは腹立たしかっただろう。彼女を不幸に追いやるために、愛妾にしたのだから。

けれども、胸に罪悪感のようなものが込み上げてきた。こんな感情は間違っている。彼女があの屈託《くったく》のない笑顔を見せなくなったのなら、自分にとってはいいことだ。もう苛々せずに済む。

だが、肩を落とした彼女の姿は哀《あわ》れだった。そして、その状態にしたのは、ルーファス自身なのだ。

ルーファスは自分も外に出たくなった。彼女の隣に行きたい。それから、その肩を抱いてやりたかった。

馬鹿な……。

ルーファスはその考えを捨てるように、頭を振った。

仮面をつけたまま、彼女の隣に並ぶのか。さぞかし、滑稽《こっけい》な見世物《みせもの》だろう。まして、そんなことをしても、彼女は決して喜ばない。

それでは、仮面を外せば……？

その考えも、あまりいいとは思わない。自分の傷跡は醜《みにく》いが、今となってはただの古傷《ふるきず》だった。しかし、自分が仮面をつけているのは、素顔が醜いからというだけではない。いや、つけた当初はそうだったかもしれないが、今となっては、自分の心の最も弱い部分を隠すものとなっている。

優しさや愛情や、世の中のいいものとされる感情について、ルーファスは否定的だった。そんなものはおとぎ話の中だけに存在している。現実は違う。たとえ血の繋がった者であろうとも、金や権力のためなら、誰でも裏切ってしまう。その一方で、他人に愛を説《と》くのだ。

だから、愛というものに惑《まど》わされてはいけない。そんなものは絵空事《えそらごと》だからだ。男女の間には肉体的なものしか存在しない。ルーファスはずっとそう思ってきたし、これからもそれでいい。

自分の本性は獣だ。真っ当な人間でないことは、百も承知だ。村人から人食《ひとく》い獣《じゅう》として恐れられていると聞いて、どれほど嬉しかったことか。

ライラの姿が茂《しげ》みの向こうに消えていく。追いかけていきたくなったルーファスは、窓に背を向けた。

彼女が欲しい……。

この腕に抱いて、めちゃめちゃにしてやりたい。庭の真ん中で押し倒して、思いを遂《と》げたい。彼女が悲鳴を上げながら逃げるのを追いかけて、泣き叫ぶ彼女の後ろから貫いてやりたい。

これは彼女に溺れているからではない。彼女は自分の獲物《えもの》だからだ。

誰にも渡さない。私のものだ。

ルーファスはどうにもならない欲望を、彼女の中に注《そそ》ぎ込んでしまいたかった。


夕食の時間になると、ライラの部屋に食事が運び込まれる。昨日から、格段に食事の内容がよくなっている。きっと、ルーファスと同じものが出ているのだろう。

女中がやってきて、白いクロスがかけられている丸テーブルにいくつか皿を並べ始めたが、よく見ると、二種類ずつ置いてある。

「これは……領主様の分かしら？」

ライラが尋ねると、彼女は素っ気なく答えた。

「領主様より指示がありました」

彼女はライラよりずっと年上で、館で何年も働いている。下働きだったライラに敬語で話すのは、嫌だろう。しかし、ライラのほうも、こんなふうに敬語で話されるのがつらかった。

ジュークに冷たくされるまでもなく、彼女の態度で自分の立場を理解すべきだったのだ。しかし、今までとは同じようにいられないことは判っていても、セレンの態度はそれほど変わらなかったため、ライラは愚《おろ》かにもかすかな希望を抱いていたのだ。無理やり愛妾にされた自分に、少しくらい同情をしてくれるのではないかと。

そんなことはなかった。それどころか、ライラは孤立している。仲間と切り離されて、孤独を愛するルーファスと同類になってしまっていた。

女中が去ると、しばらくして、ルーファスが部屋に入ってきた。

「あなたがわたしと食事を共にしたいと思っていらっしゃるなんて……」

彼に必要なのは、欲望を発散させる相手だけではないのだろうか。愛妾という立場で、それにふさわしいドレスなどを買ってもらえるにしろ、他の場面で、彼が自分を必要とすることがあるなんて思えなかった。

「たまには、私だって他人と食事をしたいと思うときがあっても、不思議はないだろう」

果《は》たして、そうだろうか。彼は人との交流をまったく拒絶しているように見える。ただ、そんな彼も、抱く相手が欲しいのだ。その相手として選ばれたのが自分だったなんて、それは不幸でしかないが。

ルーファスはさっさと一人で席に着き、自分のグラスにワインを注いだ。

「おまえも飲むか？」

差し当たって、他の飲み物は置いてない。ライラは頷いた。すると、彼はボトルを傾けて、ライラのグラスにワインを注ぐ。

ライラはそれを見つめながら、不思議な気持ちを味わっていた。今日の彼はどうしたのだろう。いつもより優しい。

「散歩は楽しかったか？」

彼はライラが庭を歩き回っていたことを知っているらしい。彼はライラが外にいるときは、よくカーテンの陰から見ていた。恐らく今日もそうだったのだろう。

彼がどうしてそんなふうに自分を見るのか、よく判らなかった。以前は興味を持って見ていたのだろうと思うが、自分の手に堕《お》ちた相手を今更見て、どうするのだろう。

それとも、ライラが外に出ないか、不安だったのだろうか。村に逃げ帰って、領主の非道さを訴えるとか……。

ルーファスの村での評判は以前から悪い。若い乙女を食い殺すと思われているのだから、自分の今の状況はそれよりマシだった。純潔を奪われ、凌辱された。けれども、命はまだある。

もっとも、心は粉々《こなごな》に砕け散っている。いや、砕け散るのは、これからなのだろうか。少なくとも、今はまだ彼の愛妾として、この館の中で、こうしていいものを食べている。そして、綺麗なドレスも着させてもらえるのだ。

本当に自分の心が壊れるのは、彼が自分に飽きたときなのかもしれない。与えられたものをすべて奪われる。彼はそうしてライラの心を打ち砕くのだ。館から出ていけと言われるのだろうか。それとも、再びあの屋根裏部屋に戻して、下働きの女中として働かせるのかもしれない。

そうして、彼は新しい愛妾をつくり、この部屋に囲うのだろう。彼女にキスをして、ベッドに引き込んで……。

ライラはそんな想像をして、一人で青ざめた。そんなことには耐えられない。別にルーファスが好きなわけではない。抱かれたのも無理やりだった。だから、彼を恋人のように思っているはずがなかった。

なのに、ライラは彼が他の女を抱くことを考えると、何故だかとてもつらかった。そんなことは想像したくない。そんな未来は考えたくもなかった。

だからといって、自分がここで彼の愛妾として、一生を終えることなんて考えられなかった。そんなことは現実的ではない。それに、愛妾は所詮《しょせん》、愛妾なのだ。妻ではない。彼はいずれこの館に妻を迎えるのだから、結局は自分の心が踏みつけにされるのを目の当たりにしなくてはならないのだ。

「どうかしたか？　具合でも悪いのか？」

ライラが黙っているため、ルーファスは自分の顔を覗《のぞ》き込むようにして尋ねてきた。

「……いいえ。ごめんなさい。ボンヤリしていて。散歩は……ただの気晴《きば》らしですから。楽しいというわけでもなくて……」

なんと言ったらいいのか判らなかった。束《つか》の間、自由になれたような錯覚を覚えたというのが、正しい感想だった。

自分は籠の中の小鳥だ。籠を開けてもらって、飛び立ったものの、そこは閉じられた部屋の中で、いずれは籠へと戻るしかない。

「でも、新鮮な空気は吸えました。それから、花の香りも……風の心地よさも感じました」

「おまえはよく庭にいたな。ベンチに座って、ボンヤリしていた。そんなおまえを見て、何を考えているのだろうと思っていた」

彼はそんなふうに自分のことを見ていたのだろうか。ライラは彼の視線の熱っぽさには、気がついていたが。

「わたしは……よく家族のことを考えていました。父や姉達は、わたしがいなくて、どうしているのかと……」

ルーファスは眉《まゆ》をひそめた。

「おまえがいなくても、別に大丈夫だろう。姉がいるのなら、家の中は心配ないだろうし」

「でも、母が亡くなってから、家の中のことはわたしが一人でやっていたんです。姉達は村の有力者の方達のところへ、教会に寄付をしてもらうように説得に出かけていたから。父はもちろん村人を救うことに一生懸命で……」

ライラは溜息をついた。自分だけが、あの家で大して役に立っていなかったのだ。

「みんながおまえに忙しい役回りを押しつけていたんだな」

ルーファスの言葉に、ライラは驚いた。

「そんなことありません！　確かに忙しかったけど、わたしは教会のために働いていたわけではないし……。父は多くの村人に慕《した》われています。姉達は美しくて、みんなの賞賛《しょうさん》の的なんです」

「そして、おまえは家の中のことをやるだけで、誰からも評価されない」

そのとおりだった。だから、ライラは反論しなかった。自分は評価されるような能力も、姉のような美しさも持っていないのだから。

　ルーファスは苛立たしげにライラを睨みつけてきた。

「いつもおまえは自《みずか》ら損《そん》ばかりしている。おまえが館中を忙しく立ち働いたとしても、もらえる給金は同じだ。それなのに、毎日くたくたになるまで働いていた。他人の仕事の肩代わりをしたり、男がするべき力仕事をしたり……」

　ライラは目を丸くして、彼を見つめた。彼がそんなことまで知っているとは思わなかったのだ。

「あの……どうして、そんなことまでご存知なんですか？」

　一瞬、ルーファスはムッとしたように口を引き結んだ。

「私はこの館の主人だ。召使いがどれだけ働いているかくらい、知っている。それに、報告してくれる者もいるしな」

　それは誰なのだろう。セレンだろうか。

「わたしは自分の仕事をしていただけです。そんなに損をしているわけじゃないと思います。セレンさんも時々、休んでいいと言ってくれましたし」

「他の者は要領よく手を抜いているのにか？　おまえだけだ。馬鹿正直に働いて、自分の仕事を押しつけた相手にも愛想よく笑いかけるのは。おまえは損をしているんだ。他人の犠牲になっているのに、気づきもしないのか？」

まるで、彼はライラのために怒っているように見える。いや、そんなはずはないだろう。彼だって、ライラを利用しているようなものだ。ひょっとしたら、自分以外の誰かがライラを利用していたことが許せないのかもしれない。

ライラは頭を振った。どちらにしても、彼がライラの心配などしているわけがない。

「わたしが損をしているとしても、別にいいじゃありませんか。確かに……ずるい人もいます。でも、これくらいのことで犠牲になっているとは思いません」

獣の領主に生贄《いけにえ》として差し出されること以上に、犠牲になったと思うことはないからだ。村人も父も姉達も、ライラだけに責任を負わせた。ライラなら食い殺されても構わないと思われたのだ。

それに比べれば、仕事を押しつけられることくらい、大したことではなかった。少なくとも、ライラにとっては。

「おまえの父の牧師様も、美しい姉達とやらも、おまえを犠牲にしていたんだ。おまえが家事を引き受けていたことに、誰か感謝したか？」

「いいえ……。でも、わたしは……」

「いい加減、認めろ。どうせ、おまえは家でも朝から晩まで、手を抜かずに働いていたはずだ。だったら、そのことを感謝され、賞賛されるべきだ」

「じゃあ、あなたはわたしを賞賛してくれますか？」

ルーファスはじっとライラを見つめてきた。彼の紺色の瞳に見つめられると、頬がひとりでに赤くなってきてしまう。

「おまえは愚《おろ》かだ」

ライラは顔をしかめた。彼だって、賞賛などしてくれはしないのだ。

「おまえはもっと利口に立ち回るべきだ。他人に踏みつけにされないように」

今、自分を踏みつけにしているのは、ルーファス自身だ。そのことには気づかないのだろうか。

「わたしがもう少し利口に振る舞えるのだったら、今、ここにはいません」

ルーファスは皮肉めいた笑《え》みを唇にたたえた。

「そうだな。獣の領主に食い殺されると聞いていながら、ここへやってきたんだからな」

「わたし、他のことはどうでもいいんです。利用されていたとしても、働くのは嫌いじゃないから。ただ、村のみんなが……わたしを犠牲にしてもいいと思ったことが……とても残念なんです」

ライラは本音を口に出していた。どんなに心の中で思っていたとしても、今まで決して人には言わなかったことだ。

「憎《にく》いと思わないのか？　みんながおまえを蔑《ないがし》ろにした。許せないと思わないのか？」

ルーファスはライラをたきつけるように言った。

「憎いとか、許せないとか……。わたし、そんなふうに思うのは嫌です。つい思いたくなるけど……思ってしまったら、自分のほうがつらくなるから」

自分の心の中にある本音を話したのに、彼は馬鹿にしたように笑った。

「さすが、牧師の娘だな。そんなに美しい心を持っていたとしても、神様は助けてくれはしない。現に、おまえがどんなに正しく生きようとしていても、私に純潔を奪われて、愛妾にさせられた」

確かにそうだ。そのことに関しては、彼の言うとおりだ。しかし、当事者である彼に言われたくはなかった。

「わたしは美しい心を持っているわけじゃなくて、臆病《おくびょう》なだけです。嘘をついても平気な人はいます。でも、わたしは平気ではいられないから嘘をつきません。人のものを盗んだり、人を殺しても平気な人はいるでしょう。でも、わたしは平気ではないから、そんなことはしません。ただ、それだけです」

ルーファスは肩をすくめた。

「それなら、この私のことはどう思っているんだ？　おまえの身体を奪った男だ。憎くはないのか？」

ライラはルーファスと視線を合わせた。本来なら憎むべきなのは判っている。しかし、憎いなんて感情は、まったく湧いてこなかった。

彼はライラのこれからの一生を台無しにしたというのに……。

彼に抱かれて、ライラは気が遠くなるような快感を覚えていた。それは、キスされたときも、そうだったのだ。純粋に肉体的な反応とは思えない。

彼の紺色の瞳を見つめているうちに、自然とライラの頰が熱くなってくる。

「わたし……あなたを憎んだりしてません……」

ルーファスは奇妙なものを見るような目つきで、こちらを見てきた。

「おまえは私のことが好きなのか？」

「……好きじゃありません！」

思わず、彼の言葉を否定していた。

好きじゃない。好きであるはずがない。そう思いながらも、ライラは彼に惹かれていることを、否定できなかった。

「そうか……。私の顔はこんなに醜いからな」

ルーファスは口元に冷笑をたたえていた。

「醜くなんかありません！　絶対に……！」

息せき切って、そう断言したが、ルーファスの顔からは笑みがスッと消えていった。彼の機嫌を損《そこ》ねたのは、すぐに判った。しかし、醜いなどと言えなかったし、彼にもそんなふうに言ってほしくなかった。

だって、本当に彼は醜くなんかないから。どうして、そう思っているのか、ライラには判らなかったが。

「ほう。おまえの目には醜く見えないか」

「はい……」

ライラは警戒しながらも、そう答えるしかなかった。

「まあ、いい。だが、私は獣の領主と呼ばれている。それは獣の仮面をつけているからだけではないんだ」

「どういう意味でしょうか？」

「いずれ判る」

ルーファスはそう言うと、急に黙り込んだ。彼の身体はここにあるのに、心はどこかに行ったかのように、ライラを完全に無視する。ライラは困り果てながらも、無理に会話する必要はないのではないかと考えた。

ライラの今の仕事は、彼の話し相手ではないからだ。ベッドで自分の身体を差し出せば、彼はそれで満足する。彼はきっとライラと話したりするのではなかったと後悔しているに違いない。

やがて、食事が終わった。無言のまま、ルーファスはライラをじっと見つめていた。

「あの……食器を片付けてもらいましょうか」

ライラは立ち上がって、女中を呼ぶ紐《ひも》を引っ張ろうとした。片付けてもらうために、いちいち誰かを呼びたくはなかったが、セレンにそうするように言われている。ライラが自分で片付けようとしたら、ルーファスの機嫌を損ねるのだそうだ。

ライラにしてみれば、自分が食べたものくらい、自分で片付けるのは、当たり前のことなのだが。領主の後継ぎとして育ったルーファスには、耐えがたいことなのだろうか。

「誰も呼ばなくていい。いずれ、片付けに来るだろう」

ルーファスはライラの腕を掴むと、自分の寝室のほうへと連れていこうとする。食べたばかりで、もうベッドに行くつもりなのだろうか。ライラには止める権利はなかったが、あまり気は進まなかった。

寝室は暗かった。彼は暗闇の中を平気で進み、テーブルの上にあった燭台《しょくだい》の蝋燭《ろうそく》に火をつけた。彼は夜目が利くのだ。そうでなければ、いくら月が出ていたとしても、わざわざ夜中に乗馬をしようとは思わないはずだ。

ルーファスはライラの肩を抱き、ベッドへと連れていく。薄暗い室内で、二人きりになると、ライラは緊張した。何度かすでに抱かれているのだから、今更、緊張するのはおかしいかもしれないが、やはり彼は独特の雰囲気を放っていて、傍にいるだけでドキドキしてくるのだ。

すぐにキスされるのかと身構えていたが、そうではなく、彼はライラを座らせると、その隣に自分も腰かける。

「ジュークとはキスをしたのか？」

突然、ジュークの名前を出されて、ライラは驚いた。

「いいえ。彼はそんな真似《まね》はしませんでした」

「それでも、口説かれたことくらいあるんだろう？」

「優しくしてくれました。でも、それだけです。ただのお友達のような関係でしたから」

ルーファスがどうしてジュークと自分の間にそんな関係があるように思ったのか、ライラには不思議だった。そんなことはあり得ない。

「男が女に優しくするのは、下心があるときだけだ」

「下心……って？」

ルーファスは呆《あき》れたように言った。

「その女を抱きたいときに、親切にしてやるのさ。勘違いした女は男に身を任《まか》せるというわけだ」

ジュークはそんな人ではないと、ライラは思っていた。彼はとても親切な人なのだと。けれども、ライラがルーファスの愛妾となったとき、彼の態度は変わった。あれは、単にライラが軽蔑《けいべつ》される存在になったからだと思っていたが、ひょっとしたらそうではなかったのかもしれない。

いずれにしても、悲しいことだ。ジュークのことを友達以上には思っていなかったが、ルーファスがライラの純潔を奪わなければ、こんなことにはならなかったからだ。

「あなたも誰かに親切にするんですか？」

ライラの質問はルーファスを笑わせた。だが、ライラは何が面白いのか、よく判らなかった。

「まるで、おまえが嫉妬《しっと》しているみたいに聞こえた」

「嫉妬なんて！」

彼は間違っている。確かに、彼に惹かれている部分はある。最初に会ったときからそうだった。けれども、嫉妬するほどの気持ちではないと思っている。

「それでは、質問に答えよう。まだこんな傷を負《お》う前は、いくらだって女のほうから寄ってきたんだ。親切にする必要なんてないくらいにね」

ライラの胸にちりちりとした嫌な感覚が湧き起こった。思わず、唇を引き結んでしまう。それを見て、ルーファスはふっと笑った。

「傷を負ってからは、遠くの町まで女を買いにいった。村では噂が立つからな。金さえ弾《はず》めば、娼婦は私の顔の傷跡なんて、気にもかけない。親切にしなくても、誰もが私の思うとおりの奉仕《ほうし》をしてくれるんだ。たとえば……」

「やめて！」

ライラは自分の耳を塞《ふさ》いだ。彼が抱いた女の話なんて、聞きたくなかった。彼はどうしてそんな話をわざわざ自分に聞かせようとするのだろう。

ルーファスはライラの両手を掴んで、顔を覗き込んできた。彼の口元には冷ややかな笑みがたたえられている。

「面白いな。やっぱり、おまえは嫉妬しているんだ。たかだか、何度か抱かれただけで、私の妻にでもなった気分なんだな」

ライラは彼が口にしなかった言葉が、耳に聞こえたような気がした。

おまえなんか、飽きれば捨ててしまえる愛妾だ、と。

ライラは唇を震わせて、彼の手から逃れようとした。しかし、彼の力は強く、決してライラから手を離そうとはしなかった。

「怒ったのか？　だが、そのほうがいい。黙って、言うことを聞くただの人形より」

「あ……あなたは……わたしに従順な愛妾になってほしいんじゃないの……？」

「そのつもりだった。しかし、従順なだけではつまらない。適当に抵抗して、私を楽しませてくれなければ」

彼の言っていることは、ライラにはよく理解できなかった。ひょっとしたら、からかわれているのだろうか。けれども、彼に侮辱《ぶじょく》されていることは確かのようだった。

嫉妬なんて……。

だが、そう思いつつも、ライラは自分以外の誰かを、ルーファスが抱くところを考えたくなかった。どうしても嫌だ。屈辱的なことをされていると思うのに、それでも、彼が自分をいつでも代わりが利く存在として考えていることが嫌だったのだ。

それでは、村人達と同じだ。ライラが食い殺されても構わないと思う人達と。

身体を重ねた相手にも、蔑《ないがし》ろにされることは耐えられなかった。妻気取りだと揶揄《やゆ》されても、どうしても嫌だった。

「あなたはわたしを弄《もてあそ》びたいだけなんですね？」

ルーファスは悪魔のごとき微笑みを見せた。

「そういうことだ。何しろ、この館には気晴らしというものがない。退屈でたまらないところに、おまえがやってきた。純真ぶった牧師の娘が」

ライラは顔を強張らせた。彼の言うことはあまりにひどい。身体を求めているだけなら、まだよかった。しかし、彼はライラを愛妾にしたことを、ただの退屈しのぎだと言う。

純真ぶった牧師の娘……。

ルーファスはそういうふうに思っていたのか。ライラは涙を抑えられなかった。堪《こら》えようとしても、ぽろぽろと零れていく。

「おや、いじめすぎたようだな。それでは、少し優しくしてやるか。獣のような私でよければな」

ルーファスはライラの頬にキスをして、涙を舐め取った。

「や……やめて……っ」

しゃくり上げながら、ライラは抵抗した。しかし、たちまちベッドに押し倒されてしまう。そして、唇を奪われた。

だが、それはいつもの強引なキスではなかった。まるでライラを慰めるかのような優しいキスだった。

どうして……？

彼は何故、ここまでわたしを苦しめようとするの？

ライラは彼が本当に冷酷な人間なのか、それとも、本当は優しい気持ちがあるのか、判らなくなっていた。

彼に良心があると信じたい。確かに横暴でひどい人だと思うが、決してそれだけではないような気がするのだ。彼がこうなったのは、何か理由があって、それが故《ゆえ》にこんなふうに振る舞うだけで、本心はもっと優しいに違いない。

なんの根拠《こんきょ》もないし、たとえそうだとしても、ルーファス自身は絶対にそんなことは認めないだろう。ライラが口に出してそう言ったとしたら、彼はきっと嘲笑《あざわら》うに違いない。そして、辛辣《しんらつ》な言葉を投げつけるだろう。

「さあ、服を脱ぐ時間だ」

ルーファスはライラがまとっていた衣類を一枚ずつ剥《は》ぎ取っていった。たちまちベッドの上で、ライラは全裸になる。ライラは彼の熱い視線を感じて、思わず身体を震わせた。

怖いわけではない。これからすることに期待があるからだ。彼はきっとまたライラを高みに追いやるだろう。それだけは確かだ。無理やり抱いたときでも、彼は自分だけ快感を追求するようなことはしなかった。

ルーファスはふとライラの裸体から視線を逸《そ》らして、自分の上着に手をかけた。彼がそれを脱ぐのを、ライラはぼんやりと眺める。

彼はこの行為のときも服を脱いだりしない。ライラを全部脱がせても、自分だけは絶対に脱がなかった。裸になって抱き合うほど、ライラに価値を認めてないせいだと思っていたが、そうではなかったのだろうか。

彼はライラの目の前で衣類を取り去っていく。彼がシャツを脱いだとき、ライラははっとした。

彼の引き締まった身体には、無残《むざん》な傷跡があった。ひとつではない。いくつも刃物《はもの》で切り裂かれた跡がある。特に胸から脇腹にかけて斜《なな》めに走った傷跡が一番大きかった。ライラは大きく目を見開いて、それを凝視する。

ルーファスはそんなライラに目を向け、ぶっきらぼうな話し方をした。

「どうだ？　こんな醜い身体に抱かれるのは嫌になったか？」

何気《なにげ》なく尋ねているが、ライラには彼が緊張しているのが判った。彼はライラの答えを恐れている。ライラの勘違いでなければ、恐らくそうだ。

彼は自分の傷跡に、過剰《かじょう》な負《お》い目のようなものがあるようだった。しかし、ライラは傷跡自体、特に醜いとは思わなかった。

「……いいえ」

ライラは身体を起こして、彼の傷跡をもっと近くで見た。昔の傷のようだが、当時はきっとたくさん出血して、大変な目に遭ったのではないだろうか。

「触ってもいい……？」

ルーファスの顎《あご》に力が入った。彼が拒絶するかと思ったが、そうではなかった。

「ああ。触れるものならな」

ライラは手を延ばして、そっと一番ひどい傷跡に触れた。彼の身体が一瞬ビクッと震えたが、ライラは傷跡に沿《そ》って掌を滑らせた。

こんな傷跡など気にしなくていいのだと判れば、彼はもっと楽に生きられるはずだ。仮面などつけずに、明るい太陽の下で素顔を晒《さら》して、生きていけるだろう。こんな世捨て人のような暮らしをしなくてもいいのだ。

ライラは彼にそれを判らせてあげたかった。

「無理しなくていい」

「わたし……傷跡が醜いなんて思わないわ」

そっと頭を下げて、その傷跡にキスをしようとする。しかし、その前に、ルーファスはライラを突き飛ばした。

「傷跡が醜くない？　そうか。それなら、おまえにもつけてやろうか！」

ルーファスは立ち上がると、居室に向かった。そして、そこから戻ってきたときには、彼は短剣《たんけん》を手にしていた。

宝石のついた短剣の鞘《さや》を抜き、ライラに向ける。

彼は本気なのだろうか。あんな傷をライラの身体につけようと言うのか。

短剣を向けられれば、やはり怖かった。彼はどこか常軌《じょうき》を逸《いっ》したところがある。だから、ただの脅かしではないとは決して言えなかった。

ルーファスは短剣をライラの身体ではなく、顔に向けた。そして、にやりと笑う。

「私と同じ傷をその頬につけてやろう。もちろん、おまえはそれで構わないはずだ。そうだろう？　醜くなんかないんだからな」

ライラが怖気づくのを、彼は期待している。そして、自分の顔に傷なんかつけないでくれと泣きながら懇願するのを、彼は待っているような気がする。

彼は自分の顔や身体の傷跡を醜いものとしておきたいのだ。そうする理由がきっと彼にはあるのだろう。ライラが傷を嫌がれば、傷跡が醜くないという言葉は嘘ということになる。気休めを言っただけだと、彼は解釈したいのかもしれない。

純真ぶった牧師の娘が、口先だけで慰めようとしたのだと。

そして、彼はまたライラを嘲笑うのだ。

ああ、それは耐えられない。けれども、誰だってわざわざ顔に傷をつけたくはない。まして、わたしは未婚《みこん》の娘なのだから。

でも……これからわたしが結婚することなんて、あるのかしら。

きっと、ないに決まっている。純潔を奪われて、領主の愛妾にさせられた。自分の身体はもはや清《きよ》いものではない。結婚はできないし、この愛妾の座からもいずれは蹴り出されてしまうことだろう。

そして、村に帰れるかどうかも判らない。帰ることができたとしても、昔のようには幸せに暮らすことはできないに違いない。

ライラは青ざめた顔で、ルーファスの手に握られた短剣を見つめた。

すでに自分の人生は破滅《はめつ》している。傷を負ったところで、何も変わらない。自分に傷跡がつけば、彼も納得してくれるかもしれない。傷跡は醜くないのだと言った言葉は、嘘ではないと。

ルーファスは短剣の柄《つか》をライラのほうに向けた。

「勇気があるなら、自分の顔に傷をつけろ」

なんてこと……！

彼はわたしにそこまで犠牲を強《し》いるつもりなの？

ライラは震える手で短剣を受け取った。彼はじっとライラのすることを見ている。さっきまで口元に浮かんでいた冷笑はもう見られない。唇を引き結んで、厳しい顔をしていた。

短剣を自分の顔に向ける。左の頬。頬骨の辺りを切り裂くような傷。

血が出るかしら。痛いかしら。

ライラはギュッと目を閉じた。そして……。

「やめろ！」

ライラの手から短剣が叩き落とされる。短剣はベッドから転がり落ちて、床に転がった。

「もういい。……判った」

ルーファスはライラの身体を引き寄せて、しっかりと抱き締めた。

「おまえの顔にも身体にも、傷ひとつ負《お》わせたりしない！」

ライラはほっとした身体から力が抜けていくのを感じた。やはり怖かったのだ。自分の顔に傷をつけるのは。

わたしは……彼に信用してもらえたの？

本気で、傷跡なんて醜くないと判ってもらえたのかしら。

ライラは彼の背中に手を回した。触れてみて判ったが、彼の傷は背中にもあった。一体、どれだけの傷があるのだろう。ライラはぞっとした。

ライラは背中の傷跡を撫でながら、尋ねた。

「誰がこんなことをしたの……？　喧嘩《けんか》でもしたの？」

「いや……。叔父の刺客《しかく》にやられたんだ。もう少しで命を落とすところだった」

「叔父さんって……先代の領主の……？」

ルーファスは身体を強張らせた。また彼が心を閉ざそうとしている。ライラは直感的にそう思い、自分の言葉を取り消したくなった。

だが、ルーファスは思い直したように、身体から力を抜き、溜息をついた。

「先代の正当な領主は私の父だ。父は私が子供の頃に亡くなり、私が新しい領主となった。しかし、私が子供であるために、叔父《おじ》一家がこの館に乗り込んできたんだ。何しろ、私は母も早くに亡くしていたから」

「それじゃ……叔父さんが領主のように振る舞っていたのは間違いだったの？」

「そのとおりだ。祖父からある程度の財産をもらっている叔父には、なんの権限もなかった。後見人としてやってきたのに、私を別の館に移した。そして、乳母《うば》に私を預けて、自分はこの館で領主のように暮らし始めたんだ。私は使用人に囲まれて育ったが、それは嫌ではなかった。乳母は優しく、本当の母のように私を育て、教育してくれたからだ」

それでも、彼にはこの館で暮らす権利があった。後見人には、彼の面倒を見る義務があったのに。

いや、そんなとんでもない叔父ならば、一緒に暮らさなくてよかったのかもしれない。少なくとも、彼は別の館での暮らしは気に入っていたようだから。

「だが、叔父は私が成人しても、この館を明け渡したくないと思うようになった。権力と金を手放したくなかったんだ。そこで、刺客を送った。乳母は私を庇《かば》って、殺されたよ。だから、私は逃げ出した」

ルーファスの乳母は、母同然の人だったのに……。

ライラはどれほど彼が嘆《なげ》き悲しんだかと思うと、胸が締め付けられるような気がした。

「それは……あなたが何歳のときのことなの？」

「十三かな。私は逃げ出して、あちこちを放浪《ほうろう》した。生きるためには働いたが、それでも刺客は追ってきた。この傷は私が成人する少し前くらいにつけられた。当時、私は大きな屋敷の馬番として雇《やと》われていた。あのときは油断していたんだろうな。酒場で、もらったばかりの給金を何杯かの酒に替えた後、いい気分で厩舎《きゅうしゃ》に帰ろうとした。そこで何人かの男に襲われた」

「何人か？　一人じゃなかったの？」

状況を追い浮かべたら、とても怖かった。夜の闇に紛《まぎ》れて、数人の男達に囲まれるルーファスが頭に浮かんだのだ。

「酔ってはいても、ひとりなら対処《たいしょ》できた。数人の男に襲いかかられて、私は逃げたよ。命が危ないと判ったからな。だが、逃げても、この有様《ありさま》だった。たまたま人が通りかからなかったら、私は本当に死んでいた」

「でも……こんなにたくさんの怪我《けが》をして、たくさん血が出たでしょう？　後で熱が出たりしたんじゃないかしら」

「ああ、熱が出た。傷口が腫《は》れ上がって、もう少しで命を落とすところだった。おまえは醜くないと言うが、最初傷がついたときには本当に醜い有様だったんだ。特に顔はね……。包帯《ほうたい》を外《はず》したときに、今まで言い寄っていた娘達が怖がって近づいてこなくなった。化け物だと、陰口《かげぐち》も叩かれた」

ライラは彼の肩に頬をすり寄せた。そして、背中を撫でる。彼を慰めようなんて、不遜《ふそん》な考えかもしれないが、少しでも彼の心を癒《いや》してあげたかったのだ。

「今は……化け物なんかじゃないわ。あなたの顔は傷跡があっても、綺麗だって思うもの」

「綺麗だと？」

ルーファスは困惑したように笑った。

「綺麗よ……。傷跡は残念だけど、そんなことは気にならないくらい……」

「そう思うのは、おまえだけかもしれない」

「仮面を外してみれば判るわ。女性はみんな……あなたをうっとりと見るから」

できれば、彼を自分のものだけにしておきたい。けれども、そんな狭い心で嫉妬するより、彼が幸せになるほうが重要なのだと思った。

「そうだろうか。私にはそう思えないが」

ルーファスは頑なだった。自分の意見を変えるつもりはまったくないらしい。

「でも、わたしはあなたのことを美しいと思ってる……。美しい獣よ。ねえ、仮面をつけるようになったのは、怪我をしてからなの？」

「いや……。最初は仮面ではなく、包帯や布で隠していた。私は私のものを何もかも奪った叔父が許せなかった。この館も領地も私のものなのに、叔父が我《わ》がものとしている。彼の罪を暴《あば》くために、私は金を稼《かせ》いだ」

「どうやって……？」

「最初は商人の用心棒《ようじんぼう》のような仕事をした。腕には自信があったからね。それから、賭け事をした。こつこつと貯《た》めて、信用できる男を雇って、叔父の周辺を調べさせた。そして、叔父が領主たる私の金を使い込み、私に刺客を送ったという証拠を集めて、国王陛下に正当な領主であることを認めてもらうよう訴えた」

「それで、叔父さんは捕まって、処刑《しょけい》されたのね……。ご家族も館を追い出されて……」

ルーファスは鼻で笑った。

「村人はあいつを慕《した》っていたらしいな。あんな極悪人を」

「だって、極悪人だとは知らなかったんですもの。あの方は貧しい村人に施《ほどこ》しを与えていたし、教会にもたくさん寄付してくれた。領民《りょうみん》には親切にしてくれたわ」

村人は正当な領主が誰かということまで、あまり興味がないのだ。とにかく、自分達に親切にしてくれれば、いい領主だと思うことになる。

「人間には裏表があるという話だな。私にあれだけ残酷なところを見せた叔父は、村人に少し親切にしただけで、いい領主だという評判を勝ち取った。そして、私は彼の罪を糾弾《きゅうだん》しただけで、村人には凶悪な領主と思われた。なんと、世の中は不公平なことだと思わないか？」

確かにそうかもしれない。彼にしてみれば、この上ないほど不公平だっただろう。

「私は村で人でなしのように言われていることを知ってから、獣の仮面をつけ始めた。どうせなら、身も心も獣でいたいと思った。人間などにならなくていいと」

彼は傷ついているのだ。今なお、その無残な傷口は開いていて、血を流し続けているのかもしれない。

ライラは彼の生《お》い立ちと本音を聞いて、彼への気持ちが大きくなってきたことに気がついていた。

彼に優しくしてあげたい。彼を癒してあげたい。そうしたら、彼は立派な人間として、尊敬される領主として生まれ変われるかもしれない。

けれども、同時に、ライラは一人の人間を変えることは難しいと、父が言っていたことを思い出した。人が人を救うことは、並大抵のことではないのだ。まして、ルーファスは自分のことを獣だと言っている。

まさしく、彼は手負《てお》いの獣なのだ。ライラがいくら彼を変えようとしても、上手くいくとは思えなかった。

しかし、それでも、ライラは彼に言い知れぬほどの深い気持ちを持つようになってしまった。

わたしは、彼のただの愛妾なのに……。

彼のほうは、わたしのことなど、なんとも思っていないのに。

だが、本当になんとも思っていないのなら、自分の生い立ちを話したりするだろうか。少なくとも、わたしは信用されているはずだ。そうでなければ、身体の傷跡だって見せてくれないだろう。

ライラは手を上げて、彼の首に腕を巻きつけると、間近で紺色の瞳を見つめた。彼もまたライラの瞳をまっすぐに見つめている。二人は敵対しているわけではないのに、火花が散るような熱い何かを感じた。

これは……欲望なの？　それとも、別の何か……？

ライラはゆっくりと顔を近づけて、自分から彼に口づけた。彼の口の中に舌を差し込むと、自分の舌を絡めていく。いつもライラが受身でいるキスだが、今度は違う。自分からキスしていることに、妙な興奮を覚えた。

二人はいつの間にかベッドに横たわっていた。お互いの身体が絡み合っている。ライラは彼の顔の傷跡に唇を這わせた。彼は嫌がって跳ね除けるかと思ったが、そんなことはしなかった。

彼は自分に対して気を許してくれている。野生の獣を手懐《てなず》けるような気分で、最初は躊躇《ためら》いがちに、そして、やがて大胆《だいたん》に彼の体の傷跡にも指を這《は》わせ、キスをしていく。

彼が気に入ることなら、なんでもしてあげたい。そんな気持ちでいっぱいだった。

ライラは自分がまさに彼の従順な愛妾であることに、内心、苦笑した。結局のところ、彼の魅力には抗《あらが》えない。最初に彼の瞳を見たときに、自分の運命は決まっていたに違いない。

彼に純潔を捧《ささ》げ、心まで捧げてしまっている。ルーファスがそれほどひどい人ではないにしても、やはり自分は彼の妻ではない。身分も違う。立場も違う。領主と下働きの女中が、どんな関係を築けるというのだろう。

しかし、ライラはそれでもいいと思っていた。今はただ、彼の傷を癒したい。彼に人間として、立ち直ってもらいたい気持ちしかなかった。

やがて捨てられる運命なのに……。

ライラの熱心なキスに触発されたように、ルーファスのものは硬くなっていた。彼はライラの身体をゆっくりと撫で回していた。が、やがてそれだけでは満足できなくなったかのように、傷跡にキスするライラを抱き寄せると、再び自分から激しいキスを仕掛けてきた。

わたしと彼との関係が、このベッドの中だけしかなかったとしても、わたしは幸せだわ。どうして自分がそんなふうに思ってしまうのか、よく判らない。けれども、彼に抱かれ、キスをされていると、細かいことはどうでもよくなってくる。

ただ、彼の情熱の対象であることが誇《ほこ》らしくなってきてしまう。こんな美しい獣が自分に関心を寄せてくれることが嬉しかった。

ルーファスはライラの身体にお返しのようにたくさんキスをしてくれる。もちろん薔薇色の胸の頂《いただき》も口に含んで、愛撫もしてくれる。両脚の間にも舌を這わせされて、ライラは切れ切れに悲鳴のような喘《あえ》ぎ声を上げた。

「もう……もうっ……だめぇっ」

泣いているのか、喘いでいるのか、自分でもよく判らない。彼を求めて、身体が震える。今、抱いてもらわなくては、おかしくなってしまいそうだった。

ルーファスはズボンと下穿《したば》きを取り去った。全裸の彼を前にして、ライラは大きく目を見開く。

股間のものはたくましくそそり立っていて、ライラを求めていた。ライラは圧倒されたような気分で、それを熱っぽい眼差しで見つめた。

ルーファスはライラの眼差しに気づいて、少し笑った。そして、ゆっくりとライラの中に入ってくる。

彼の紺色の瞳がきらめいたように見えた。

いいえ、見間違いよ。彼がまるでわたしを愛しているかのように思うなんて、大間違いなんだから。

「ライラ……」

彼は繋がったまま顔を近づけてきて、唇にキスをしてきた。ライラは彼の首に腕を巻きつけ、金褐色の髪に手を差し入れる。

ああ、わたし……彼が好き。愛してる。

ライラは自分が思ったことにギョッとする。そんなふうに思っているなんて、今まで気づかなかった。ただ、単に惹かれていると思っていたが、そうではなくて、もっと強い気持ちが自分にあることに気がついた。

でも、こんな気持ち、彼にはなんの意味もないことなんだわ。

逆に、自分がつらいだけだ。わたしは決して彼に愛されることはないんだから。

これほど人間不信に凝《こ》り固まった彼から愛されることは、絶対にない。それが判っていても、やはりライラの気持ちが揺らがなかった。もちろん、できれば自分の気持ちと同じだけの気持ちを返してもらいたいが、ないものを求めても仕方ないとも思うのだ。

ルーファスは唇を離すと、口元に優しげな笑みを浮かべた。これもまた見間違いかもしれない。もしくは、ライラの勝手な心が見せた幻影なのだ。人は見たいものを見るものだから。

彼が動くと、ライラの熱も次第に身体の中で大きく膨《ふく》らんでくる。やがて、それが耐えられないほど大きくなってきて、ライラは彼の背中に手を回した。肌と肌が触れて気持ちがいい。自分だけが裸でいるより、互《たが》いに裸でいるほうがよかった。

彼の身体の熱が伝わってくるようだった。彼の胸の鼓動も感じる。息遣いも、こんなに近くに。

ライラは堪《こら》えきれずに、ぐっと背中を反《そ》らした。同時に、全身を強い快感が貫いていく。

そして、ルーファスはライラの身体を抱き締めて、奥のほうで弾《はじ》けた。

お互いの鼓動を感じながら、二人は口づけを交わした。

初めて、彼とまともな時間を過ごしたような気がする。まるで、恋人同士であるかのように、ベッドで過ごした。今まで彼はライラの気持ちなど無関心だった。身体だけが目当てで、他のことはどうでもいいようにしか思っていなかったようだが、今のは違う。

いや、本当にそうだろうか。違うと思いたがっているだけかもしれない。

ライラは自分を戒《いまし》めた。

夢中になって、後で泣くのは、わたしのほうに決まってる。

それでも、彼を求めている自分が悔《くや》しくて、情《なさ》けなくて、そして悲しかった。


ルーファスはライラから身体を離して、彼女の横に寝転がった。

身体は満ち足《た》りていた。だが、この不思議な満足感は彼女を抱いたからだけではない。

ライラは醜い傷跡にキスをした。美しいとまで言ってくれた。いや、美しくないのは判っている。確かに、顔を隠さねばならないほど醜いわけではないが、美しいとは言いすぎだろう。

しかし、彼女は間違いなく真剣にそう言っていた。

ライラは嘘をついたりする性格ではない。純真ぶった牧師の娘だと揶揄《やゆ》してしまったが、そう思っている自分にしても、彼女がいい加減《かげん》なことを口にしたりしないというくらい、よく知っている。

彼女がこの館にやってきて以来、ずっと彼女を見てきたからだ。ノースやセレンからも情報を引き出していたが、ルーファスは彼女の考えの甘さや他人に寛容《かんよう》すぎるところは嫌いだが、それでも嘘をつかないことは判っている。

もっとも、ルーファスはずっと彼女を信じようとはしなかったのだが。

しかし、どんなに信じまいとしても、彼女の瞳を見ていたら、信じずにはいられない。自分がどれほどひねくれて、人間不信に凝《こ》り固まっていても、あんなに優しくキスされてしまっては、意地を張ってはいられなかった。

まして、自分の顔に傷をつけようとするなんて……。

彼女は本気だった。ルーファスが止めなければ、本当に短剣を可愛らしい顔に突き立てていただろう。

ルーファスは横で大きく息をついているライラを抱き締めた。彼女の身体からふっと力が抜ける。こんなに嫌な男である自分をこれほど信じてくれているのだと思うと、嬉しくてならない。

ルーファスは不意にライラを手放したくなくなった。ずっと手元に置いておきたい。そんなことが可能かどうかはともかくとして、とにかく、もう手放せなくなっていた。

彼女を捨ててしまうはずだったのに。別に彼女を愛しているわけではない。それどころか、やはりこの女は愚《おろ》かだと思っている。自分がさんざん利用されていることも気づいていない。

けれども、愚かだからこそ、彼女は自分を裏切らないかもしれない。

いや、そこまで信じるのはどうだろう。彼女はまだ若い。これから狡猾《こうかつ》さを身につけていき、いずれは自分を裏切るのかもしれない。

だが、まだそのときは来ていない。彼女が裏切る前に、捨てればいいだけだ。自分はその兆候《ちょうこう》を見逃さなければいいだけなのだ。

今はまだ……大丈夫だ。

彼女がきらきらとした瞳で自分を見つめているうちは。

ルーファスは彼女の瞳を見ているうちに、心が温かなものに侵食《しんしょく》されていくことに気がついた。

ダメだ。気を引き締めなくては。

そう思うのに、ルーファスは誘惑に負けて、またキスをしていた。彼女の唇は柔らかくて甘い。遠い昔に忘れ去ったものを思い出しそうになり、ルーファスは唇を離した。

「おまえには宝石をやろう」

「宝石……？」

ライラは長い睫毛《まつげ》を動かして、まばたきをした。

「先祖伝来《でんらい》のものだ。指輪やネックレスや、そういったものだ」

夢見心地だった彼女は急に我《われ》に返ったような顔をした。

「ダメです、そんなこと」

「どうしてだ？」

「それは……わたしのような者に気軽に与えてはいけないものだからです」

ライラはつらそうな表情になり、顔を背《そむ》けた。

「何故《なぜ》だ？　私がおまえに何を与えようが、私の勝手だ。おまえに指示される覚えはない」

「そうですけど……。その宝石はあなたの奥様になる方のものです」

ルーファスは顔をしかめた。『奥様』という響きに、気取った女を連想したからだ。自分が結婚するかどうかも判らないのに、奥様とやらのために、宝石を眠らせておくのはもったいない。

貴重で、美しいものだからこそ、ライラにふさわしい。彼女は何も飾らなくても美しいが、飾ってやれば、もっと美しくなるに決まっている。

「私は自分のしたいようにする。おまえは私が与えたドレスを着て、わたしが与えた宝石を身につける。すべて私の思うとおりにするんだ」

ライラは一瞬呆《あき》れたような顔をした。が、すぐに何を考えているのか判らない表情になる。少なくとも、喜んでいるようには見えない。

「わたしはあなたの指示どおりに動く人形というわけですね」

「いや……。人形なら、こんなに温かくないだろう？　こんなに柔らかくもない」

ルーファスはライラの乳房をそっと手で包んだ。すると、彼女の頬が真っ赤になる。なんて可愛いのだろう。たった今、自分の下であんなに悶《もだ》えていたのに、今はもう乙女のように頬を染めている。

「わたし……」

「私はおまえのことが気に入っている」

ライラはそれを聞いて、ますます恥ずかしそうな顔になった。

彼女は私のことをどう思っているのだろう。今も非道で冷酷な領主だと思っているのだろうか。もちろん、私はそのとおりの領主だが、何故だか彼女にはそこまで嫌な男だと思われたくなかった。

何故なら、他人には見せない傷跡を、彼女には見せたからだ。柄《がら》にもなく、打ち明け話もしてしまった。

「おまえは私のことをどう思っている？」

「わ、わたし……」

まごついたような顔になって、口ごもった。そのまま何も言わずに済ませるのかと思ったが、彼女は決心したようにこちらの目をじっと見つめて、改めて口を開いた。

「わたしはルーファス様のものです」

ルーファスはほっとしつつも、心のどこかで落胆《らくたん》していた。自分が求めていたのは、こんな言葉ではなかった。だが、自分は何を求めていたというのだろう。彼女は私のもの。彼女がそう言うのなら、満足のはずだった。

ルーファスは彼女の乱れた髪に触れて、そっと撫でた。その手触《てざわ》りは絹糸《きぬいと》のようだった。彼女の髪の色はどこにでもある薄茶色で、めずらしいものではなかったが、ルーファスはいつの間にかこの色がとても好きになっていた。

艶《つや》のある豊かな髪だ。手触りもいい。彼女のはしばみ色の瞳も気に入っている。何より、自分の顔をうっとりと見つめてくるときの瞳の表情が好きだ。

ルーファスの胸に温かいものが込み上げてきた。

「おまえは何が欲しい？　なんでも言うがいい」

ライラは少し迷うような顔をして、神経質そうに唇を舐めた。そのピンク色の舌に、ルーファスは目が釘付けになる。

「あの……欲しいものでないんですが……。わたし、一度だけ村に帰りたいんです」

途端《とたん》に、ルーファスの胸は凍りついたような気がした。

彼女はこれほど気にかけてやっている自分ではなく、生まれ育った村に愛着があるのだ。彼女は村でも家でも大《たい》した扱《あつか》いしかされていなかったようなのに。人を食い殺す獣の領主がいる館へ、追いやられたのではなかったのか。

それでも、この館より、村や家のほうがいいというのだろうか。

ルーファスが唇を引き結ぶと、彼女は悲しげな顔をした。

「……ダメでしょうか？」

「村へ帰ることは禁じる」

ルーファスは理由を言わなかった。理由など、ないに等《ひと》しい。村で自分の噂話をされたくないばかりに、召使い達には村人と交流することを禁じている。必ずしも言いつけが守られているわけではないようだが、村で人食い領主の噂が蔓延《まんえん》しているなら、真実は語られていないということだ。

しかし、ライラを村に帰らせたくないのは、それとは違う理由からだった。

ライラを手放したくない。その一心からだった。この館で領主の愛妾でいるより、村で過ごすほうがいいと思うようになったら、自分はどうなるのだ。

彼女がもしここに帰ってこなかったら……。

嫌だ。絶対に嫌だ。彼女はここにいるべきだ。私の傍《そば》に。

ルーファスは彼女に、どんなに傲慢な領主だと思われてもよかった。彼女が自分の傍にずっといるなら、それでいい。彼女をこの館に置いておきたい。毎晩抱いて過ごしたい。

それが悪いことだろうか……？

いいや、悪いことでも構わない。どんなに非難されようが、構わない。誰に後ろ指を指されても、彼女が欲しい。

そのためなら、なんだってする。

ルーファスは彼女のうなじに手をやり、唇を塞《ふさ》いだ。彼女の口から、家に帰りたいという言葉はもう聞きたくない。そんなものを聞くくらいなら、快感に喘《あえ》がせてやる。
他の何も考えられないくらいに。
ライラは私のものだ！
絶対に放さない。少なくとも、彼女が私を裏切るまでは。
ルーファスは固い決心をしていた。

第四章　悲しみの故郷

ライラがルーファスの愛妾となってから、どれだけの時間が過ぎただろうか。

もう二カ月は過ぎている。毎晩のように、彼に抱かれている。彼は昼過ぎに起きて、明け方に眠る。ライラは必然的に彼の生活に合わせるようになっていた。もっとも、彼より起きるのは早いかもしれない。少なくとも午前中には起きて、身支度《みじたく》を済ませないと、やはり落ち着かないのだ。

二カ月の間に変わったのは、寝起きする時間だけではない。ライラはもう粗末《そまつ》な服を身につけていなかった。以前の服はルーファスの命令により、すべて捨てられてしまった。今はまるで貴婦人のような格好をしている。

美しいドレスを着て、宝石を身につける。他の小物も高価なものばかりになってしまっていた。ルーファスがそれ以外のものを好《この》まなかったからだ。しかし、この館の庭から外に出ることは許されず、相変わらず自分は籠《かご》の中の小鳥でしかなかった。

唯一、外に出られるときがあったが、ルーファスと一緒にいるときに限られた。ただし、それはいずれも日が落ちてからだ。主《おも》に夜中だ。誰にも顔を見られないときでなければ、彼は活動しないのだ。

ライラはこんな生活を続けていて、息が詰まりそうになっていた。女中をしているときも、館の外には出なかった。だが、召使い仲間と話したり、笑ったりしていた。庭を散歩することくらいしか気晴らしがなかったとしても、朝から晩まではすることがあったのだ。

しかし、今は違う。特にすることがなく、ただルーファスのためだけに存在しているだけだ。彼にはよくしてもらっているとは思うが、こんな生活は自分が望んでいた暮らしではない。ライラは忙しくてもいいから、身の回りを綺麗にしたり、人の役に立つことをしたかった。何より、ルーファス以外の話し相手も欲しかった。

以前は仲間だったのに、館で働く誰もがライラを避《さ》けている。セレンは話してくれるが、やはり前のような親《した》しさはない。ライラは孤独だった。ルーファスはライラを抱いて、話もするが、二人は対等な関係ではない。結局のところ、ライラはルーファスの言うとおりになる人形のようなものだった。

村に帰りたい……。家にも帰りたい。

そう思うのは、愚かかもしれない。彼らはライラのことなど、どうでもいいはずだ。獣の領主に食い殺されたとでも思っているのだろう。それでも、ライラは孤独だったから、帰りたいと願ってしまうのだ。

一度だけでいい。ほんの少しだけでもいいのだ。ライラはルーファスの目の届くところから逃れて、息をつきたかった。けれども、彼の言いつけを破るわけにもいかなかった。ライラが彼の愛妾であることは紛《まぎ》れもない事実で、もし彼を怒らせたら、自分のそういった噂を村で流されるかもしれないからだ。

ああ、でも……。

ライラはせめて自分が生きていることだけは、家族に知らせたかった。そこで、手紙を書いて、村へ買出しに行くジュークにこっそり預けた。今でも彼は口を利いてくれないが、牧師館に届けてくれと頼むと、頷いた。ルーファスがそんなことを望まないことは、この館で働く者なら誰でも知っていることなので、承知してくれたジュークはやはりとてもいい人なのだろう。

ジュークに頼《たの》みごとをした数日後、ライラはルーファスが起きる前に、庭を散歩していた。すると、どこからともなく、ジュークがやってきて、さり気なく手紙をライラに差し出した。一瞬、自分の手紙が突き返されたのかと思ったが、どうやらそうではないらしい。きっとこれは父か姉からの返事だ。

「ありがとう、ジューク」

ライラが笑いかけると、ジュークは肩をすくめた。

「別に大したことじゃない。だが、こんなことはもうやめるんだな。領主様に知られたら、君は館から追い出されるかもしれない」

確かに、ジュークの言うとおりだ。ルーファスがいつまでライラを愛妾としておくか判らないのだ。今は毎晩のように抱いていても、明日にはもう熱が冷めているかもしれない。彼が何を考えているのか、一番近くにいるライラにもよく判らないところがあった。

館を追い出されたら村に戻るしかないが、純潔を失った身では、以前と同じようにはいかないだろう。それに、ライラはルーファスの傍にいたかった。身体を重ねるごとに、二人は親密になり、ライラはもう離れられなくなっていた。

彼は素顔をライラ以外には晒《さら》さない。つまり、ある程度の信用は勝ち得ているということだ。その信頼を崩したくはないし、彼のためにも自分は傍にいるべきだと思っていた。もちろん、それは思い上がりかもしれないが。

ライラは手紙を読んだ。

「そんな……！　お父様が……！」

立ち去ろうとしたジュークが振り向いた。

「どうしたんだ？　何が書いてある？」

「お父様が病《やまい》に倒れたと……。具合が悪くて、お医者様からもう長くないって……」

手紙は長姉のエイラからだった。ライラはその手紙を胸に押し当てた。

帰らなくてはいけない。何があっても。ルーファスの言いつけを破りたくないけれども、父が死の病にかかっていると聞いて、このままじっとしているわけにはかない。

「わたし……家に帰るわ」

決心したように呟《つぶや》くライラに、ジュークは首を横に振った。

「やめろ、ライラ。領主様は君にどんな報復《ほうふく》を考えるか、判ったものじゃないぞ」

ルーファスはジュークが考えるほど残忍《ざんにん》なわけではないと思う。だが、ライラが勝手に帰ったら、激怒するだろう。しかし、ルーファスに頼んでも、きっと聞いてもらえない。

それに、もし万が一《いち》、間に合わずに、父が死んでしまったとしたら……。

ライラはそう考えると、一刻も早く帰るべきだと思った。

ルーファスは籠《かご》の鳥が逃げ出したと知ったら、報復するだろうか。いや、逃げ出すわけではない。

「わたし、すぐ戻ってくるわ。とにかく、一度、父の様子を見て……」

それから、なすべきことをしよう。ルーファスが残酷なことを考えないようにと、祈るしかなかった。

「ライラ！」

「お願い、わたしを止めないで」

ジュークは迷っていたようだが、もう止めようとはしなかった。

門には門番がいる。しかし、門を通らなくても、ライラは敷地の外に出る方法はいくらでもあることを知っていた。庭の散歩はもう何度もしていたからだ。裏庭の隅《すみ》から雑木林《ぞうきばやし》の中を通っていき、それから村へと急いだ。綺麗なドレスが草叢《くさむら》の中で汚れても構わない。ただ、父親に会いたい一心だった。

村に戻ったライラは、牧師館へと急ぐ小道の途中で、屋根のない馬車が向こうからやってきたのに気づいた。ライラが道の脇によけると、馬車が停まる。そこに乗っていたのは、ライラの顔見知りだった。

「ライラじゃないの！　あなた……生きてたのね？」

彼女はマティアという名前で、村一番の裕福な家の夫人だ。ふくよかな身体に、綺麗なドレスをまとって、いつもこうして馬車であちこち訪問している。エイラやマイラは彼女と親しくしていたが、ライラは違っていた。裕福な夫人と自分は違いすぎていて、話すことなど何もないと思っていたからだ。

ライラはできれば家族以外とはあまり顔を合わせたくないと思っていたが、会ってしまったものは仕方がない。村の有力者の夫人で、おしゃべりなのは判っているが、牧師の娘として礼儀正しくしようと思った。

「はい……。父が病気だと聞いたもので、急いで戻ってきました」

「へぇぇー？　そうよね。お父様がご病気なら、帰ってくるべきよね。でも、村のみんなは、あなたがとっくに獣の領主様に食い殺されたと思っていたのに……。あなた、ずいぶんいいドレスを着てるわね？」

マティアはじろじろとライラのドレスを見た。できれば、こんなに綺麗なドレスを着てきたくはなかったが、以前の粗末な服はすべて処分《しょぶん》されて、今はないのだから仕方ない。

「どうしたの？　そのドレス……。まるでお姫様みたいじゃないの。髪型だって、前とは違う。その髪飾り、高価なものじゃないの？」

ライラは思わず髪飾りに手をやった。父の病気のことばかり考えていて、自分がどんな髪型をしていたのかを忘れていた。これでは、以前と違いすぎる。おかしいと思われるのは、当たり前だった。

「あなた……領主様のところで、何をしているの？　まともに働いているわけではなさそうね。ひょっとして……」

「ご、ごめんなさいっ。わたし、急いでいるので」

ライラは慌てて家のほうへと駆け出した。しかし、おしゃべりなマティアがこのことを黙っていられるわけがない。きっと、すぐに村中に話が広がるだろう。

わたしが領主の愛妾だって、彼女に見抜かれたかしら。

そう考えると、胸が締めつけられるような気がした。他に、こんな格好をしている理由が、自分でも思いつけない。自分で自分の首を絞めたかもしれない。それが判っていても、病に倒れた父のところへ行かないわけにはいかなかった。

懐《なつ》かしい我が家は小さな家だったが、かつて庭にはたくさんの綺麗な花々が咲いていた。もちろん庭の手入れをしていたのはライラだったが、今では見る影もなく、雑草ばかりが生《は》えている。

誰も自分の代わりはしていなかったのだろうか。それとも、そんなことまで手が回らないくらい、忙しかったのか。

ライラは玄関の扉を開けて、中へと足を踏み入れた。自分がきちんと片付けて、掃除《そうじ》をしていた見慣れた我が家ではすでになかった。いろんなものが雑然と転がっていて、きちんと掃除もされていない。床の汚さは特に耐えがたく、今すぐ水拭《みずぶ》きを始めて、磨《みが》きたいくらいだった。

しかし、ライラは掃除をするために帰ってきたのではない。階段を上り、父の部屋へと向かう。軽くノックをすると、中へと入った。

ベッドに父がぐったりとして横たわっていた。ライラはベッドの傍に駆け寄り、膝をついた。

「お父様！　しっかりして！」

やつれた顔の父が目を開けて、傍《かたわ》らのライラを見た。

「ライラ……。おまえ、本当に生きていたんだな」

「手紙に書いたとおり、わたしはお館で元気でやっているのよ。それより、お父様の具合はどうなの？　お父様が重いご病気だと、お姉様が返事をくださったから、大急ぎで戻ってきたの」

「重い病気だと？　医者に診《み》てもらったが、ただの風邪《かぜ》だよ」

父は奇妙な顔をしてライラを見つめた。

「ただの……風邪？」

父も戸惑っているようだが、ライラも戸惑った。手紙には、父が危篤《きとく》であるかのように書いてあったのだ。

「ああ、しばらく熱が出ていたが、今日はもうずいぶんいいようだ。今日一日休んだら、明日は教会に出かけて、きちんと務《つと》めを果たそうと決めていたんだ」

「そうなの……。お元気そうでよかったわ」

ライラはぎこちなく微笑んだ。手紙に書いてあったことはなんだったのだろうと思ったが、本当に危篤でなくてほっとした。自分の人生はルーファスに壊されたが、それでもいつかは家族と暮らしたいという望みはある。それまで、父には元気でいてほしかった。

「手紙はエイラが書いたのか？　きっと大げさに書いたんだろうな。おまえに家の中のことをしてもらいたくて」

ライラは眉《まゆ》をひそめた。エイラやマイラは家の中のことをしないのだろうか。いや、そんなことはないだろう。自分がいないのなら、誰かがしなくてはならないのだから。姉達はきっと慣れていなくて、まだ上手くできないに違いない。ライラも最初の頃は失敗ばかりだった。

「おまえは……まるで貴婦人のような格好をしているな。一体、それは……」

父がそう言いかけたとき、玄関の扉が開く音がした。そして、エイラのよく透《とお》る甲高《かんだか》い声が聞こえてきた。

「ライラ！　帰ってるの？」

「エイラお姉様、お父様のお部屋にいるわ！」

二人の姉が階段を駆け上がる音がしたかと思うと、彼女達は父の寝室に飛び込んできた。父はまだ具合が悪いだろうに、姉達はどこに行っていたのだろう。二人は綺麗なドレスに身を包んで、どこかに出かけていたようだった。しかし、機嫌は悪いようで、顔は真っ赤にしていて、どう見ても怒っている。

まだ怒られるようなことは何もしていないつもりだが、外出中に何かあったのだろうか。

「お姉様、お元気そうで……」

「挨拶なんてしてる場合じゃないわ！　ライラ、よくもわたし達に恥《はじ》をかかせてくれたわね！」

二人の姉はどうやらライラに対して怒っているようだった。ライラは意味も判らず、呆然《ぼうぜん》としていた。

「あの……一体どういうこと……」

「さっき、マティアの馬車とすれ違ったのよ。あの女……あなたが娼婦《しょうふ》になって帰ってきたって言ってたわ」

ライラは驚いて、立ち上がった。

「わ、わたし……娼婦なんかじゃないわ……」

確かに娼婦のようだと思ったときもあった。しかし、ルーファスが好きになってからは、そんなふうには考えなくなった。彼にとっては、ライラはただ肉欲を満たす道具かもしれない。けれども、ライラにとっては違っていた。身も心も差し出せる相手なのだ。たとえ、その方法が間違っていたとしても。

「じゃあ、あんたのその格好はなんなのよ？　そんな格好で、領主館で何をしていたの？床磨《ゆかみが》き？　そんなわけないわよね！」

次姉のマイラに吐き捨てるように言われた。自分の格好は館で働いているようには見えないだろう。しかし、断じて、娼婦のような格好はしていない。

エイラもライラを責め立てる。

「そのドレス……わたし達のドレスとは全然違うわ。あなたのような小娘が着るには、上等すぎる。その髪飾りについてるのはダイヤじゃないの？　あなた……獣の領主様に気に入られて、愛妾《あいしょう》になったのね？」

こんな格好で戻ってくれれば、すぐに見破られてしまう。そんなことくらい判っていたのに、どうして自分は慌てて戻ってきてしまったのだろう。

もちろん、父が危篤だと思ったからだ。エイラの大げさな手紙のせいだった。

ライラは何も反論できなかった。娼婦でないとは言えても、愛妾でないとは言えない。それは明らかな嘘だからだ。

「ライラ、おまえ……。なんてことをしてくれたんだ！」

父が上半身を起こし、ライラを叱《しか》りつけた。さっきライラに気がついたときの眼差しとはまったく違う。怒りの表情だった。

「お父様……」

「よくも牧師の私の顔に泥を塗ってくれたな！　娘のおまえがそんな身に堕《お》ちたと知られたら、私の立場がないじゃないか。エイラだって、マイラだって、嫁に行けなくなってしまう」

エイラとマイラが父の傍に寄り添うようにして、ライラを睨《にら》みつけた。

「そうよ。わたし達はどうなるのよ？　しかも、相手は獣の領主様ですって？　あんたなんて、食われちゃえばよかったのよ！」

マイラの攻撃に、ライラは言葉を失った。本気で食べられていればよかったと思っているのだろうか。実の姉なのに、あまりにひどい。

エイラも憎々《にくにく》しげにライラにきつい言葉をぶつけてきた。

「返事なんて書くんじゃなかったわね。家の中の掃除でもしてもらおうと思ったのに、まさかこんな目に遭うなんて。あなたはもう戻ってこなくてよかったのよ」

彼女は掃除のためだけに、呼び寄せたのだ。しかも、父が危篤だと、嘘までついて。

ライラは今になってルーファスの言ったことがすべて正しかったのだと判った。自分は家族にいいように利用されていただけだ。本気で自分を思いやってくれていた人はいなかったのだ。

愕然《がくぜん》としているライラに、父が留《とど》めを刺す。

「そうだ。おまえなんか帰ってこなくてよかったんだ。マティアは村中におまえが娼婦になったと触れ回るに決まっている。おまえのような汚れた娘は、出ていけ！」

「お父様……！」

領主の愛妾になったと知られたら、きっと父がそう言うだろうということは判っていた。汚された娘を受け入れることはないだろうと。しかし、実際にそう言われると、つらくてならなかった。

「もう戻ってくるな。おまえは死んだものと思うからな」

ライラは耐えられなかった。父を心配したからこそ帰ってきたのに、自分は軽蔑《けいべつ》され、邪魔にさえされている。それどころか、村中のみんなが、堕落《だらく》した娘だというふうに見てくるのだろう。

わたしはもう二度とここには戻ってこられない。もちろん、村にも足を踏み入れることはできないだろう。蔑《さげす》みの眼差しで見られるに決まっている。

手紙なんか書くんじゃなかった。戻ってくるんじゃなかった。

みんな、ルーファスの言うとおりだ。人はみんな自分勝手だから、信じてはいけない。

彼らはライラ一人を犠牲にして、領主の館へ送り込んだ。領主の愛妾として生きるくらいなら、いっそ食い殺されていたほうがよかったなんて、とても肉親の言葉とは思えない。

ライラはもう何も言えなかった。

父や姉達の敵意に満ちた視線が突き刺さる。ライラは部屋から飛び出して、階段を下りた。そして、外へと駆け出す。

ライラが目指すところは、領主の館しかなかった。

ルーファスの許へ。

きっと、彼はライラがいないことに気づいて、かんかんに怒っているだろう。ひょっとしたら、追い出されてしまうかもしれない。そうしたら、自分の行き場はどこにもなくなってしまう。

館からも追い出されたら、自分はよその土地で物乞《ものご》いでもするしかなくなる。もしくは、飢《う》え死にしてしまうのか。

いずれにしても、今のライラは心の拠《よ》り所《どころ》さえ失くしていた。

ルーファスはライラの姿が見えないことに気がついて、ノースに探させた。しかし、彼女は庭にも館の中にもどこにもいなかった。

ジュークと庭で話していたところを見かけた者がいて、ルーファスは嫉妬にかられながら、ジュークを書斎へと呼び出した。彼は獣の仮面をつけているルーファスを見ても、怯《おび》えたような顔はしない。思えば、彼は最初に館に来たときから、こんなふうに不遜《ふそん》な態度を取り続けていた。

だからこそ、自分の愛妾にも近づくのだ。まさか、今更、ライラが彼を相手にするとは思っていないが、それでも彼の顔を見るのも不快《ふかい》だった。

「今朝、ライラと話していたそうだな？」

ジュークは即答せず、少し考えて、重々しく口を開いた。

「実は……」

てっきり彼はしらばくれると思っていたのに、意外なことに気が進まなさそうにしながらも、手紙のことを話してくれた。自分が手紙を預かり、牧師館へと持っていったこと。そして、その牧師館から返事をもらい、そこに父親の病《やまい》のことが書いてあったのだという。

「彼女は家に帰ったのか？」

私を捨てて……？

ルーファスは愕然とした。自分はライラに対して、ひどいことをしている。脅《おど》かして、愛妾にした。そして、彼女が家に帰ること自体も禁じたのだ。

もちろん、お人よしの彼女は帰りたかったはずだ。家族に利用されていたとしても。

しかし、自分は彼女を帰したくなかった。帰したら、二度と戻ってこないような気がしたからだ。これは彼女のためだと自分を騙《だま》しつつも、本当は彼女のためではなく、自分のために他ならなかった。

こんな私より、家に帰るほうを選んだからといって、責められはしない。

行き先は判っても、ルーファスは彼女を連れ戻そうとは思わなかった。そんなことをして、一体なんになるだろう。父親が危篤なら、傍《そば》にいたいに決まっている。そんなときに押しかけて、連れ戻すことはできなかった。そこまで人の心を失くしているわけではない。

ライラがどう思っているにせよ、そこまで堕ちているわけではなかった。

それに、ルーファスはライラと一緒にいるうちに、彼女に感化《かんか》された部分があった。それは良心のようなものだった。良心が自分にまだあったとは思わなかったが、彼女と暮らすうちに、そういうものが自分にまだあると知った。

「領主様、私が村まで行って、確かめてきましょうか」

ジュークは心配そうに尋ねた。この不遜な男はライラの心配をしているのだ。そう思うと、腹が立った。ライラのことに気を配ってもいいのは、自分だけだと思うからだ。

「いや……。行く必要はない。おまえは自分の仕事をするんだ」

ジュークが去った後になって、彼に罰を与えるべきだったと考え直した。彼はライラが出ていくことに手を貸したのも同然だったからだ。しかし、彼にその責任を負《お》わせて、なんになるだろう。

一番悪いのは私自身だと、本当は判っているのに。

とはいえ、ライラがジュークを頼ったのも、なんだか許せない気がする。よりにもよって、ジュークとは……。他の女中ではいけなかったのだろうか。

どうにも不快だ。胸の奥が焼けつくような不快さを感じた。

もしかして、これが嫉妬か……？

以前、まだ女中だったライラがジュークと立ち話をしていたというノースの報告を聞いてから、何度かこの手の不快さを感じている。これが嫉妬というものなのだろうか。

いや、違う。嫉妬など愚か者のすることだ。

ルーファスは仮面を外すと、サイドボードからデカンターを掴み、グラスに中身を注いだ。そして、ワインを一気に飲み干《ほ》した。このくらいでは酔えない。ライラはもう帰ってこないかもしれないのだ。そう思うと、ルーファスはどうにも落ち着かなくて、書斎の中をうろうろと歩き回った。

結局、ライラも自分を裏切ったということだ。これほどまでに彼女を欲している自分より、あの不実な家族のほうがいいと思っている。それが許せなかった。

「くそっ……！」

ルーファスは再びワインを注いで、飲み干した。

いくら飲んだところで事実は変わらない。彼女は美しいドレスや装身具《そうしんぐ》をふんだんに身につけられる暮らしより、身を粉《こ》にして働く暮らしのほうがいいというのだろうか。粗末なドレス、ぼろぼろの靴、髪はリボンで結んだだけで、あれだけの美貌《びぼう》を持ちながら、彼女の魅力が判らない者達にけなされて、踏みつけにされる人生のほうが、ここで暮らすよりマシなのだろうか。

そんなはずはない……！

ライラは自分を見つめるときに、うっとりとした瞳をしている。キスをされ、抱かれるときも、彼女の瞳には自分への気持ちが表れていた。それとも、あれは彼女の手なのだろうか。相手に参っていると見せかけて、嘘をついていたのか。

ルーファスは心が乱れていた。自分でコントロールすることができない。たかが愛妾が病気の父親に会うために、家に戻っただけの話だ。もちろん、自分の命令に背《そむ》かれたのが腹が立つが、それほど落ち込むこともない。

彼女は絶対に戻ってくるはず。絶対に。

そう思いつつも、ルーファスは次々にワインをグラスに満たし、それが空《から》になっていくのを見つめるしかなかった。

しばらくして、ノースがやってきた。彼はずっとライラを捜していたため、疲れているような表情をしている。ルーファスは再びつけた仮面越しに彼の顔を見た。

「ライラ様がお帰りになりました」

ルーファスはほっとした。彼女は帰ってきたのだ。自分を見捨てたわけではなかった。

「そうか……。早速、こっちへ来るように言うがいい」

ノースは部屋を退出しようとしたが、ふと振り返って、おずおずと申し出た。

「ライラ様はまだ少女のような方で、領主様の言いつけに背くことの意味をよく判っておられないのです。過剰《かじょう》な罰《ばつ》をお与《あた》えにならないように、お願いします」

ルーファスはカッと頭に血が上った。召使い風情《ふぜい》が自分に対して意見をしている。それは、彼もまたライラにのぼせ上がっているからなのだ。

「おまえに意見は求めていない。いいから、ライラを連れてこい」

「はい……」

ノースは目を伏《ふ》せて、退出した。

自分は暴君《ぼうくん》だろうか。ライラを痛めつけるような男だと思われているのだろうか。今まで、ルーファスは周囲のことなどどうでもいいと思ってきた。少なくとも、この館に移ってきてからは。

けれども、今はこんなふうに心が乱れている。自分をそんなふうに変えたのは、間違いなくライラだ。ライラのせいで、自分を他人がどう思っているのかを気にするような男になってしまっていた。

私は獣だ。獣の領主だ。だから、人間の考えることなんて、どうでもいいのだ。

控《ひか》えめに扉がノックされた。愛妾のお帰りだ。ルーファスは仮面をつけたまま、部屋に入るように促した。

ライラはルーファスの仮面を見て、顔を強張らせた。彼女の目は潤《うる》んでいて、頬には涙の跡が残っていた。それを見た途端、ルーファスは思わず仮面を剥《は》ぎ取っていた。

彼女を泣かせたのは、一体誰だ。こんなふうに泣かせた相手には、罪を償《つぐな》ってもらわなくてはならない。ルーファスは無意識のうちに、彼女の傍に寄り、その唇を奪っていた。

この女は私のものだ……！

ライラが自分のキスに応えると、今まで胸の内で荒れ狂っていた嵐は、半分以上、治まってきた。自分の一番大事なものを取り戻せたような気がして、ほっとする。彼女が腕の中にいるのなら、もう他のことはどうでもいい。他人の思惑も、自分に向けられる視線も、そして、自分の評判だってどうでもいい。獣の領主だと好きなだけ噂すればいいのだ。

激しくキスをした後、ルーファスはそっと唇を離した。彼女の濡れた瞳を見つめて、胸の奥に熱いものが込み上げてくる。

「帰ってきたのか……」

ルーファスの声は掠《かす》れていた。ライラが頷《うなず》く。そして、目を伏せながら、口を開いた。

「わたし……ルーファス様に許してもらえないと思いました。勝手に家に帰ってしまったから……」

彼女の声は震えている。自分が彼女を怖がらせたのだろうか。そう思いながら、ルーファスは彼女を長椅子に座らせた。そして、自分はその隣に腰かける。

できれば、膝の上に乗せたいくらいだった。それどころか、寝室に連れていきたい。今すぐ、彼女が欲しかった。だが、ルーファスは自分を制御《せいぎょ》することにした。彼女をこれ以上、怖がらせてはいけない。まず、彼女が出ていった理由をはっきりさせよう。

「ジュークから聞いた。おまえの父が重い病にかかったのだと。おまえの父の具合はどうなのだ？　よくないから、そんなに泣いているのか？」

ライラの頬にはまた涙が流れ出している。その涙の理由が、どうか自分のキスのせいではありませんようにと、柄《がら》にもなく神に祈った。

「父はただの風邪でした。姉が大げさに手紙に書いたんです。わたしに……帰ってきて、家の中の掃除をさせようと……」

ルーファスは再び頭に血が上った。彼女の姉は妹を無給の使用人のように扱《あつか》おうとしていたのだ。自分も館の使用人にひどい扱いをしているかもしれないが、少なくとも無給で働かせることはない。働いた分の対価は与えているはずだ。

ライラの手は震えていた。それが悲しみによるものなのか、それとも怒りによるものなのか判らない。ルーファスは彼女の手を握って、その指先にキスをした。

「他に何があった?」

「わたし……帰る途中でマティアに……村で一番おしゃべりな夫人に会ってしまったんです。その後、マティアはわたしの姉に言ったそうです。ライラが娼婦になって帰ってきたと」

「なんだと……!」

ルーファスは怒鳴りかけたが、まずはライラの話を聞くほうが先だと思った。

「どうして、その……マティアとかいう女はそう思ったんだ?」

「わたしが綺麗なドレスを着ていたから。髪飾りにダイヤがついていたから。女中でないことは、もちろんすぐに判ったに違いないけど、まさか娼婦だと言われるとは思わなかった」

もちろん、ルーファスも同意見だった。どこが娼婦なのだ。それとも、領主の求めに応じることは、娼婦になるのと同じことなのだろうか。

ルーファスの胸は痛んだ。

「もちろん……マティアも姉も、わたしが領主様の愛妾になったと判ったの。だから、わざと娼婦だと言って、蔑《さげす》んだんだわ。姉二人に責められて、父にはもう二度と帰ってくるなと言われた……」

ルーファスはライラの手を握っていた手に、つい力を込めてしまった。彼女が小さな悲鳴を上げたので、慌てて力を抜く。

どうしてこんないい娘に対して、父が優しい言葉をかけてやらないのだろう。ルーファスは不思議でならなかった。

「父は牧師だから……村で噂になることに耐えられなかったのよ。堕落《だらく》したふしだらな娘を持っていたら、村人に説教なんてできないもの。姉は……わたしのせいで、お嫁に行けなくなるかもしれないって……」

ライラはまた涙を零《こぼ》した。ルーファスは胸が締めつけられるような気がした。

彼女は人食い領主の許に、人身御供《ひとみごくう》として差し出された。村人みんなが、そして、彼女の家族もライラが犠牲になればいいと思ったのだ。生きていたのだから、喜ぶべきだ。それをどうして、寄ってたかって、彼女を傷つけようとするのだろう。どうして、彼女にはそんなふうにいじめても構わないと思うのか。

あまにも理不尽《りふじん》だと思えた。ライラが人を恨《うら》んだりする娘ではないからこそ、こんな目に遭うのだろうか。誰よりも優しくて、性格のいい娘なのに。

だが、彼女が獣の領主の愛妾と思われて、蔑まれたのには、ルーファスに責任があった。彼女の純潔を無理やり奪い、何度も身体を重ねた。そして、その見返りのように、彼女を飾り立てたのだ。

そうだ。愛妾だ。その地位にふさわしいように、私は彼女に贈り物をした。

しかし、それが仇《あだ》になったのだ。彼女が村に帰れば、そんな思いをすることは最初から判っていたのに。

最初は、ライラを弄んで捨てるつもりだった。今更ながら、恐ろしいことを考えていたものだ。いくら獣の領主と呼ばれていたとはいえ、本当にそんなことをしていたとしたら、鬼畜《きちく》以下の所業《しょぎょう》だ。罪もない心優しき乙女を、地獄に突き落とすような真似をしようとしていたとは。

しかし、今の自分は違う。ライラの思いやりに触れて、変わったはずだ。大きく変わったわけではないが、少なくとも、彼女の前ではすべてを晒した。過去まで語っている。人間のことが信じられるとは、今でも思わないが、それでも彼女のことは信じられる。

ルーファスはこのままにはしておけなかった。ライラのために。

ライラの名誉《めいよ》を取り戻したい。村人の考えることなんて、どうでもいいと思っていたが、ライラが傷つくなら、それをなんとかしたい。

愛妾が蔑まれるのなら、結婚すればいい。

ルーファスの頭の中に、そんな考えが唐突《とうとつ》に浮かんだ。

自分は今まで結婚することなど、考えたこともなかった。いずれは妻を娶《めと》ることになるかもしれないとも考えていたが、今は早すぎると思っていたし、結婚したとしても、後継《あとつ》ぎを作ること以外で、妻と触れ合いたいとも考えていなかった。

そもそも、後継《ご》ぎをつくらなくても、いいとも思っていた。骨肉《こつにく》の争いなどというものには、もう懲《こ》り懲りだったからだ。

だが、ライラのためなら……。

ライラを花嫁にすると考えただけで、ルーファスの胸は喜びではちきれそうになった。

彼女は愛妾などという呼ばれ方はふさわしくない。都に気取った上流階級の女はいくらだっていた。しかし、ライラのような女は滅多《めった》にいない。これほどまでに、自分の心を優しくさせる女は。

けれども、今、ライラと結婚したとして、それで彼女の名誉が救われるだろうか。

自分は獣の領主などと呼ばれている。しかも、人食い領主だという噂もある。そんな男の妻になったとしても、やはり彼女は蔑まれてしまうに決まっている。だとしたら、その噂を払拭《ふっしょく》しなくてはならない。

そうだ。あの腹黒い叔父も立派な領主と呼ばれていた。それなら、自分も努力して、評判を回復すればいい。そして、ライラを妻にしよう。

すべては、彼女のために。

ルーファスはライラの肩をそっと抱いた。なんて細い肩なのだろう。こんなはかなげな彼女に、自分はなんという悪名を負わせてしまったのだろうか。

「ライラ……。私は今までずっと引っ込んでいたから、村ではさぞかし評判が悪いのだろう？　そんな領主の愛妾と呼ばれて、おまえがどれだけ傷ついたのかと思うと……許してほしい」

ルーファスが謝ると、ライラは驚いているようだった。

「あの……わたし……。わたしのほうこそ、ルーファス様に謝らなくては」

「どうして、おまえが謝る？」

「ルーファス様は家に帰ってはいけないと……」

「おまえが家に帰った理由は、ジュークから聞いている。私のほうが悪かった。家に帰ってはいけないなどと、禁じた私が悪かったんだ」

ライラの肩から力が抜けたのが判った。彼女はきっと帰ったら咎《とが》められると覚悟していたのだろう。

「でも、罰は受けたわ。何より父に、二度と帰ってくるなと言われたのがショックだったの」

ルーファスは頷いた。彼女を傷つける者はすべて復讐《ふくしゅう》してやりたい。しかし、ライラはきっとそんなことは望まないだろう。彼女の家族に鞭《むち》を打ったとしても、ライラが喜ぶはずがないのだ。それどころか、鞭を打ったルーファスに、食ってかかるに違いない。

ライラがそんな娘だからこそ、自分は気に入ったのだ。だとしたら、村人や彼女の家族のことは気に入らないが、復讐をしてはいけないということだろう。

皮肉なものだ。これ以上ないくらいに怒っているのに、村人の機嫌を取ることを考えなくてはいけないとは。

ルーファスはライラに宣言した。

「私はおまえに恥をかかせないように、これから立派な領主になろうと思う」

「本当に……？」

こちらを見つめてくるライラの瞳がきらきらと光っていた。ルーファスはその反応に満足しながら尋ねた。

「だが、どうやったらいいのだろう。素晴らしい領主として崇《あが》められていた叔父のようになりたいのだが」

ライラはしばらく考えにふけっていたが、やがて口を開いた。

「獣の仮面は外さなくてはいけないわ」

彼女の言葉に、ルーファスは動揺した。仮面まで外《はず》すつもりはなかった。この仮面は素顔を隠すためだけでなく、自分の心を守るためでもあった。自分が獣だと主張することで、他人の干渉《かんしょう》を防《ふせ》ぐという意味もある。

「仮面をつけなくては、みんなが驚いて、私の顔をじろじろ見るだろう」

「見られたからって、なんだと言うの？　あなたの顔は綺麗よ……。わたしの言うことを信じて」

ルーファスは心を動かされていた。彼女のために融通《ゆうずう》を利かせるつもりでいたが、彼女はまず一番に最も大切なことに斬《き》り込んできた。なんて勇敢《ゆうかん》な女性だろう。他の誰も、ここまでは踏み込んでこない。

「私の素顔はおまえだけが知っていればいいと思っていたのに……」

「そんなことないわ。わたし……あなたのこと、みんなに知ってもらいたい。叔父さんより、あなたはずっといい領主になるのよ。そうしたら、みんな自分達が間違っていたことを悟《さと》るわ」

そうだ。それが狙いだ。村人に自分達が間違っていたと、知らせてやりたい。そして、その花嫁となるライラは、心清き娘なのだと。

ルーファスはライラの顔を自分のほうに向けた。彼女のはしばみ色の瞳が、じっと自分を見つめてくれている。それだけで、自分の中に、多くの人間と向かい合う勇気が溢れてくる。

「……手伝ってくれるか？　私が立派な領主となるために」

「もちろんよ」

ライラは微笑んだ。そのときの彼女の顔がとても美しく見えて……。

ルーファスは彼女を愛していると思った。

第五章　別離の予感

ライラはルーファスの生活そのものを見直した。つまり、朝起きて、夜寝る生活にすることだ。それに、彼が暗い時間に乗馬することは、あまりよくないと思っていた。もし何か事故が起こったときに、誰も彼を助けられないからだ。

まず、手始めに、館の召使いの前で素顔を晒すようにした。彼らの誰もが驚いたが、それも最初だけで、後はじろじろ見たりすることはなくなった。

「次はどうすればいい？」

ルーファスは気をよくして、尋ねた。

「次は……村の有力者の家族を、館に招待すればいいわ。食事を共にしようと」

ライラは彼のために、その手紙を書いた。領主のお召《め》しに、彼らは震え上がるだろうが、無視するわけにはいかない。否《いや》が応《おう》でも、来なくてはいけないのだ。

「ライラ、何を一人で笑っているんだ？」

ルーファスはライラが元気を取り戻したのを喜んでくれていた。あの日、村から帰ったとき、彼はどれだけ激怒しているだろうと思ったのに、怒るどころか優しく慰めてくれて、自分から立派な領主になると誓ってくれたのだ。

　これほど喜ばしいことはない。もっとも、彼が立派な領主になることと、自分が彼の愛妾であって、村人に蔑まれることとは、なんの関係もないと思うのだが。

「だって、あなたを恐れている人達がこの館に来るのかと思うと……」

　彼らもライラが生きていたという話は聞いているはずだ。食い殺されるとは思わなくても、やはり恐ろしいだろう。

「ライラ、おまえも一緒に食事をするんだぞ」

「えっ……。わたしに同席しろと言うの？」

　ライラは驚いた。村人からは領主の愛妾と思われているのだから、今更、隠れたところで意味はない。だが、それでも彼らの軽蔑《けいべつ》に満ちた視線を受けるのは、気が進まなかった。

「おまえを蔑ませたりしない。私を信じてほしい」

　彼にそう言われたら、ライラは逆らえるはずもなかった。確かに、彼の前では、ライラを蔑んだりしないだろう。それは判っていたが、彼らの心の中はきっと違う。

「それに、おまえだって見たいだろう？　あいつらが私に愛想笑いをするところを」

　ルーファスの言葉に、ライラは思わず笑った。確かに彼らは愛想笑いをすることだろう。今まで好き勝手に領主の噂をしていたくせに、いざとなったらきっと掌を返したような態度を取ることは、間違いない。

「判ったわ……。気は進まないけど、同席する。あなただって、本当は彼らと食事なんかしたくないんだものね」

ルーファスが努力しているのだから、自分も努力すべきだ。すでに、ライラの将来は閉ざされている。彼らにどんなに貶《おとし》められたとしても、同じことだ。もっとも、牧師の父や姉達はどう思うか判らないが。

どのみち、これ以上、悪くなりようがない。ルーファスが立派な領主だと判れば、ライラのことも少しくらいよく言ってもらえるかもしれない。ライラはほんの少しの希望を抱いた。獣の領主様ではなく、こんなに美しい領主様の愛妾なのだから。

やがて、夕食の時間に合わせて、招《まね》かれた村人が数人やってきた。みんなが緊張した面持《おもも》ちでいる。その中にマティアも含まれている。彼女は精一杯、着飾っているが、顔は蒼白《そうはく》だった。獣の領主に呼ばれたのが、恐ろしいのだろう。

ライラはまるで女主人のように、ルーファスと共に客を迎えた。客はルーファスの顔を見て驚き、ライラを見ても驚いた。『獣の領主様』が人を食うような容貌《ようぼう》をしていないことを、みんなが納得してくれれば、それでいいとライラは思っていた。

そう。わたしがどんなふうに思われていたって……。

ルーファスさえ、立派な領主だと思われれば、それでいい。どうせ村では、ライラが領主の愛妾だと噂が流れているに違いない。そして、その噂を率先《そっせん》して流したのは、マティアだろう。

マティアはライラと目が合うと、つんと横を向いた。彼女はライラより十歳ほど年上のはずだが、彼女の仕草はまるで若い愚かな娘のように見える。ライラにはそんな態度を取る彼女も、ルーファスの顔はうっとりと眺めた。頬に傷があろうが、結局、彼の美貌には変わりはないのだ。

ルーファスは客に対して、やや冷ややかな笑みを浮かべた。彼らには心を許してはいないからだ。

「私がここの領主になったのは、もう七年も前だが、今まで領主の仕事を放っておいたのをすまなく思っている。これからは、領主として領民と交流することにした。もし困ったことがあれば、なんでも相談してもらいたい。まずは、おまえ達と夕食を共にしよう」

招かれた村の有力者達は、取って食われることはないことを知り、ほっとしたようだった。彼らはここでもてなされて、村に帰れば、きっと領主は普通の人間だったと触れ回るだろう。もちろん、その役目はマティアだけでも事足りるだろうが。

長いテーブルで食事が始まったが、あまり和《なご》やかとは言いがたかった。何しろ、上座《かみざ》で一人座るルーファスは社交的ではないからだ。それでも、領主と食事をする機会に恵まれた村人達は、次第に打ち解けてきて、酒や豪華な食事を楽しむようになっていた。

ライラは彼らにどう思われているのか判っているので、居心地が悪かった。しかし、ルーファスのために何か手伝いをしたい一心で、この場にいた。だから、自分の両隣に座る人達に話しかけて、場を和ませようと努力していた。

ライラとはずいぶん席が離れているルーファスが、こちらを見て、にっこりと微笑む。よくやっていると、努力を認めてくれているのだろう。それだけで、ライラは嬉しくなった。

彼はグラスを手に取り、ワインを口に運んだ。そして、少し大きな声で、全員に聞こえるように言った。

「そういえば……ライラに聞いたが、村人はみんな私のことを、人食いの化け物だと思い込んでいたそうだな」

ライラは驚いて、食事をする手を止めた。村人達もまた一瞬、ルーファスの言葉に凍りついたようになってしまう。

「それは、今までお会いしたことがなかったから、想像を膨らませてしまっただけですよ。しかし、これからはもう、そんなことを言う者は、村から一人もいなくなるでしょう」

如才《じょさい》のない者が愛想笑いをしながら言った。すると、早速、みんなが次々と彼の言葉に同意する。

「そうですよ。我《われ》ら領民は、領主様に忠誠《ちゅうせい》を誓っておりますからな」

「これからは、無責任にそのような噂を流す者には罰を与えねば」

「領主様のお顔を拝見すれば、噂はすぐに治まりますよ」

口々に、ルーファスにおもねる発言が飛び出して、再び場は和やかになっていく。しかし、マティアが悪意たっぷりに口を開いたせいで、すべてが台無しになった。

「ところで、ライラ、あなたはここで何をしているのかしら？　床でも磨いているのかと思ったのだけど」

みんな、ライラにその質問は避けていたはずだが、マティアは容赦《ようしゃ》なかった。彼女の目は、どうして自分達に混じって、ライラがここで食事をしているのかと言いたげだった。

しかし、それは予想してしかるべきことだった。ライラは用意していた言葉を言おうと、口を開いた。だが、ルーファスが口を挟むほうが早かった。

「ライラは私の相談役だ。私をよりよい領主へと導こうと努力してくれている。実は、この食事会も彼女の発案だ」

「相談役……。まあ」

マティアはライラをじっと睨んだ。そんなことはないだろうと言いたいようだ。だが、ライラは毅然《きぜん》として、彼女の視線を跳ね返した。せっかくルーファスが庇《かば》ってくれたのだ。自分が自信なさそうにうつむいたりしたら、彼の思いやりが台無しになってしまう。

「秘書と呼んでもいいかもしれない。彼女はとても有能だ。何をさせたとしても、上手くこなしてくれる。さすが牧師の娘だ。教育が行き届いていて、素晴らしい」

褒《ほ》めすぎというくらいに、ルーファスはライラを褒め上げた。ただの愛妾ではないという、いいイメージを植えつけるためだろう。

「まったくそのとおりです。フェルトン牧師は、村の誇りですよ。もちろん、その娘達は三人とも素晴らしい」

マティアの夫がそう言い、ライラはほっとした。これで、父も村で肩身の狭い思いをせずに済む。二度と帰ってくるなと言われたライラだったが、ルーファスの言葉に救われたような気がした。

ルーファスが何か言う度に、魔法のように自分や自分の家族のイメージが変化していく。彼が言うことは絶対なのだ。村人達はそのように噂をすることだろう。ライラはただの愛妾ではないらしい、と。

村人の一人が、ルーファスに言った。

「これからは、村祭りにも顔を出していただけますか？　秋の収穫のときに酒とご馳走《ちそう》を持ち寄って、歌ったり踊ったりするんですよ」

「そうだな。そうするとしよう。こういう集まりももっと頻繁《ひんぱん》に行うつもりだが、何か困ったことがあれば、いつでもここを訪ねてくれればいい」

つまり、誰でも歓迎だというふうに、ルーファスは言っているのだ。人間不信の塊《かたまり》で、社交的ではない彼がそこまで言ってくれている。彼はライラのためだと思っているらしいが、彼自身のためにも、それはいいことだ。

ルーファスはずっと一人で閉じこもりすぎていた。もっと心を開いて、たくさんの人と付き合ったほうがいい。そうすることで、彼の世界はより開けていって、幸せになれるだろう。

ライラ自身は少し淋しい気がするのだが、もう彼は自分のものだけではない。彼の素顔を多くの人が知るようになり、彼も自分の顔が決して獣なんかではなく、本当に美しいのだと気がつくだろう。

彼が外の世界に出ていけば、出ていくほど、ライラは捨てられる可能性が高くなっていく。やがて、自分は彼にとって不要の存在となる。もっと美しい女性が彼に群がるだろう。欲望を満たすにしても、何もライラでなければいけないという理由はない。

そして、妻だって、見つかるかもしれない……。

ライラの胸に痛みが走る。いや、最初から判っていたことだ。彼が求めるのは、ライラの身体だけ。結婚はもっと美しい娘か、家柄のいい娘とするに違いなかった。

食事会は無事に終わった。

だが、ライラの試練《しれん》はそれだけではなかった。次に招かれたのは、ライラの家族だったからだ。

父、そしてエイラとマイラは意気揚々《ようよう》と館へやってきた。彼らはすでにマティアの噂話を耳にしていて、ルーファスがまともな領主だということを知っていたからだろう。ルーファスは彼らにも、ライラが有能な相談相手だと吹き込んだ。

しかし、ライラは二人の姉があからさまなルーファスの気を引こうとしていることに気がついて、愕然とした。あれだけライラを非難したというのに。二人の恥ずかしい振る舞いに、父は気がついていないようだった。父はルーファスと会話することを楽しんでいたからだった。

ルーファスの食事会が功《こう》を奏《そう》したのだと言えるが、ライラは複雑な気分だった。恥晒《はじさら》しだと言われ、二度と帰ってくるなとも言われた。今は三人ともどう思っているのだろう。

三人は大事な家族……。そう思っていたが、ライラはもう自信がなくなっていた。ルーファスが言うとおり、彼らは自分を利用しているだけだ。そして、優しい気持ちも持ってはいないようにも思える。

エイラが長い睫毛《まつげ》でまばたきしながら、大きな緑の瞳でルーファスを見つめて言った。

「領主様も一度、牧師館にいらしていただきたいわ。わたし達、精一杯、おもてなしを致しますから」

誰があの家でもてなすと言うのだろう。掃除もきちんとされていなかったようなのに。誰か雇《やと》うのだろうか。ライラは自分がそのために呼び出されることがないように祈った。

マイラも姉に負けじと、流し目のようなものをルーファスに送った。

「わたし達、もっとライラと頻繁に会いたいですわ。よかったら、このお館に時々、寄らせていただけたら嬉しいのですけど」

ライラはぞっとした。彼女の目的はライラではなく、ルーファスだと判ったからだ。今まで気づかなかった姉達の本性を、見たような気がした。

しかし、ルーファスは魅力的な笑みを浮かべて、頷いていた。

「ああ、構わない。いつでも歓迎しよう。そして、牧師館にもいつかお邪魔するかもしれない」

ライラはがっかりした。いや、がっかりするのは間違っているだろうか。心が狭いかもしれない。だが、ルーファスが二人の美しい姉達の虜《とりこ》になっているのではないかと、心配になってしまったのだ。

だって、誰がどう見ても、二人は美しいのだから。ライラは二人のようになりたくても、まったくなれなかった。同じ姉妹なのに、自分だけはまったく違う。髪の色も瞳の色も、彼女達には勝てない。

ルーファスが彼女達に惹かれるのは、無理もないと思うのだ。

彼が外の世界に目を向けてくれるようになったことは喜ばしいことなのに、こんなことで嫉妬するなんて、やはり自分は心が狭いのだろう。しかし、胸の奥に巣食《すく》う得体の知れ

ない黒い闇は、自分ではどうしようもなかったのだ。

そのうちに、ライラが領主の愛妾だという噂は消えてしまったようだった。

何故かというと、領主の妻になりたいと願う村娘が増えたせいだろう。そして、領主に娘を嫁《とつ》がせたいという親の思惑もあり、ライラは愛妾ではなく、ただの相談役ということになってしまっている。

ライラの名誉は回復されたと言ってもいいのだろうか。だが、どう考えても、使用人にしては、ライラは綺麗なドレスをたくさん持ちすぎている。どうもそのことには、みんな目をつぶっているらしい。都合が悪いからだろうか。

それはともかくとして、ルーファスはライラと共に、何度も村を訪れては、村のためになることを始めた。

まず、学校を建てることにした。貧しい子供にも、教育の機会を与えたいというのが、ルーファスの持論《じろん》だった。彼自身が強欲《ごうよく》な叔父のせいで命を狙われたりして、悲惨《ひさん》な子供時代を送ったからだろう。ルーファスはとりわけ子供には優しいのだ。

そして、同じく貧しいお年寄りの家を訪問しては、生活に不自由がないかどうか尋ねて回る。彼は立派な領主になるという目的のために、そうしているのだと言うが、どうやら彼の照《て》れもあるようだった。

本気で人のためにしていると思われることは、獣の領主と呼ばれた者の沽券《こけん》に関わるらしい。ライラは領民から差し出された好意や感謝をちゃんと受け止めればいいと思うのだが、やはり彼はひねくれているのかもしれない。感謝されても、それはライラのアイデアだと言ったことが、何度もある。

いくらなんでも、彼の愛妾に過ぎない自分が、そんなに多くの口出しをしているはずがない。けれども、彼がそう言うから、ライラにも感謝してくれる人達も現れた。きっと信じやすい人達なのだろう。

そのため、ライラが領主の愛妾になったと蔑まれることは、最近はあまりなくなった。その代わり、若い娘を連れた母親がしょっちゅう訪ねてくるようになり、館は以前に比べると、格段《かくだん》ににぎやかになった。

その中に、ライラを訪ねてくるエイラとマイラの姿もあった。もっとも、目的はルーファスのようだった。ルーファスは彼女達には特別に愛想がよくて、ライラの目には自分と一緒にいるより、彼女達と一緒にいるほうが楽しいように見えて仕方がなかった。

エイラとマイラは、ライラよりずっと美しい。ライラは生まれたときから、彼女達に比較されて生きてきたのだ。二人とも金髪と緑の瞳を持ち、ライラだけが薄茶色の髪ではしばみ色の瞳。比べてしまうと、どうしても分が悪い。同じ姉妹なだけに、ライラはどうして自分だけがと思わずにはいられなかった。

ルーファスはもう自分など邪魔なだけかもしれない。実際、このところ、あまり一緒に眠ってはいない。ルーファスが獣の領主で満足しているときには、毎晩のようにベッドを共にしていたのに、最近はライラの寝室を訪れなくなったし、自分の寝室に来るように告《つ》げることもない。

わたし……もう飽《あ》きられたの？

いつか、そんな日が来ることは判っていた。きっと飽きられて、捨てられるだろうとも。しかし、ライラのほうはまだ心の準備ができていなかったのだ。もっと彼の傍にいたい。彼に抱かれたい。彼の隣で眠りたい。

そう思っているのが、自分ひとりだと思うと、やるせなかった。この頃、彼はベッド以外でもよそよそしくなってきたような気がする。やたらと、礼儀正しく、無遠慮に触れたりすることも少なくなった。

不思議なことに、そんな状態なのに、ルーファスは村に出かけるときや、村の誰かと接するときには、いつもライラを傍に置いていた。その理由については、ライラもよく判らないのだが。

ライラはいつルーファスに、出ていくように言われるのかと思うと、毎朝起きるのが、つらくてならなかった。それなのに、彼は村人達には愛想よく接していて、父や姉には特に丁寧な対応をしていた。教会には多額の寄付をしたそうだし、姉達のためには笑顔を振りまいている。

わたしは……嫉妬しているのかもしれない。

美しい姉達に心惹かれるのは、人として当たり前のことだ。彼女達の美しさはライラも認めている。けれども、もう少し、自分のことも気遣ってもらえると思っていた。姉達がやってくると、ライラはもはや傍観者《ぼうかんしゃ》でしかなかった。


ある朝、起きると、ライラはいつものように庭を散歩した。

昨夜も一人で眠りについた。淋しくて仕方がなかったが、仕方がないと自分に何度も言い聞かせていた。出ていくように言われるのは、それほど先のことではないかもしれない。このところ、ライラは憂鬱《ゆううつ》だった。ルーファスの前では、無理して明るく笑っていたが、こうして一人でいるときはもう自分を偽《いつわ》れなくなっていた。

わたしはこれからどうなるの……？

少なくとも、追い出されても、今は行くところがある。家に帰ればいいのだ。二度と帰ってくるなと言われたことも、今はもうなかったことになっている。父はこの館に招《まね》かれると上機嫌でやってきて、ライラにも話しかけてくるからだ。

お父様はわたしにあんなひどいことを言ったのを、もう忘れているのかしら。

ライラは不思議でならなかった。恨《うら》みを持つわけではないが、言われたライラのほうは忘れていないというのに。

ライラはベンチに腰かけて、溜息をついた。この場所も、早朝の今はライラひとりのものだが、館に誰かがやってくると、そうはいかなかった。

ああ、判っているの。ルーファスはわたしのものというわけじゃないわ。

嫉妬に苦しむなんて、そんな権利、私にはありはしないのよ。

ルーファスは身近にいた自分を抱きたかっただけだ。彼はライラのことなど、信用してもいないだろうし、たくさんの綺麗な娘が館にやってくるのだから、今更、ライラに目が向かなくても仕方がなかった。

「ライラ……」

後ろから声をかけられて、一瞬ドキッとする。しかし、それはルーファスの声ではなかった。

振り向くと、そこにいたのはジュークだった。最近は、こうして時々、話しかけてくれるようになっていたのだ。

「おはよう、ジューク」

ライラは弱々しい笑みを見せた。ジュークは眉をひそめて、ライラを見つめる。

「元気がないな。ここしばらくは来客も多いし、忙しかったからだろうが……」

「大丈夫よ、わたしは。館もすっかり賑《にぎ》やかになったわよね。今の領主様はもうどこから見ても、立派な領主様だから……。わたし、嬉しいのよ」

「とても嬉しいようには見えないぞ。どちらかというと、悲しんでいるように見える」

ジュークに指摘されて、ライラは苦笑した。確かに、嬉しいようには見えないかもしれない。

「それは、わたしの心が狭いから。本当はもっと喜ばなくちゃいけないのよ。あんなに閉じこもったままの領主様が、今ではみんなに受け入れられるようになったんだもの」

「ライラ……。君の気持ちは判るような気がする」

そんなふうに同情されて、ライラは抑《おさ》えていた涙が溢れ出てくるのを感じた。思わず、手で目元を押さえると、ジュークが隣に座った。そして、ぎこちなくハンカチを差し出す。

「真っ白のハンカチじゃないが、洗ったばかりだから清潔《せいけつ》だ」

ライラはぶっきらぼうな彼の口ぶりがおかしくて、少し笑った。彼の優しさや思いやりも嬉しい。遠慮なく彼のハンカチを目元に当てて、涙を拭《ふ》いた。

「気遣ってくれて、ありがとう。なんだか馬鹿みたいだけど……最近のわたしはちょっと涙もろいのよ。それだけのことなの」

ライラはとても本当の気持ちをジュークに打ち明けることができなかった。彼は薄々《うすうす》気づいているかもしれないが、ルーファスとの距離が徐々《じょじょ》に開いていって、今にも捨てられそうだとは、やはり言えない。

それに、やはり理性は自分に訴えかける。ルーファスが自分だけではなく、外に目を向けるようになったことは、いいことなのだと。彼はこれで獣の領主様などと呼ばれずに済むのだ。

「俺達、館で働いていた人間にとっても、この環境の変化についていくのが大変なんだ。まして、君は尚更《なおさら》だろう。領主様とずっと一緒にいるんだから」

「そうね……。でも、自分のことばかり考えていてはいけないから。領主様がよければ、それでいいのよ」

たとえ、嫉妬で自分の心が張り裂けそうになっても、やはり我慢するしかない。今のところ、かろうじて、ルーファスの傍には置いてもらえているのだから。

ライラはハンカチを返して、無理に微笑んでみせた。そして、朝食用の小さな食堂へと向かった。前はほとんど使われていなかった場所だが、ルーファスが普通の生活をするようになってからは、ここで朝食を取っている。

そこでは、ルーファスがすでに食事をしていた。テーブルの上座に座っていたので、ライラはその隣に腰を下ろすことにする。

「おはようございます、ルーファス様」

にこやかに声をかけたのだが、ルーファスは不機嫌そうだった。笑い返してくれないことに傷ついても、ライラはそれを口に出したりはしない。

「おまえは散歩が好きなんだな？」

「ここのお庭が好きなんです。ルーファス様も散歩してみられたらいいのに」

いつしか、ライラは以前のような堅苦しい話し方に戻っていた。今のルーファスは、ライラにとっては遠い存在になりつつある。彼にいつも抱かれていたときは、恋人のような気分でいたのに。

「歩いていたら、たまたまジュークに会うのか？」

ルーファスの問いかけに、ライラは驚いた。彼はライラがジュークと会っていたところを見たのだろう。

「……はい。少し話をしましたが……」

「おまえは泣いていたようだ。あいつがおまえを泣かせたのか？」

「いいえ。とんでもない」

そんなふうに誤解されるような場面だっただろうか。確かに自分は泣いていたが、それはジュークのせいなんかではなかった。

「それでは……おまえを泣かせているのは私なのか？」

ライラはルーファスから視線を逸《そ》らした。彼のせいで泣いていたとも言えるが、問題は彼ではなく、自分自身の心だった。

自分が彼に飽きられるのは仕方がないのだ。責められることではない。

「あれは……埃《ほこり》か何かが目に入っただけなんです」

彼がベッドに来てくれないから泣いていたとは、とても言えない。結局のところ、彼が以前と同じように抱いてくれていたら、安心できただろう。どんな客が現れても、どんなにエイラやマイラが美しく装《よそお》っていたとしても、関係ないと思えることができたはずだ。

だが、彼はもうライラにそれほど興味がないのだ。だから、それを口にして、ただでさえ微妙な関係を、もっと微妙なものにはしたくなかった。

「おまえはあいつとのほうがお似合いなのかもしれないな」

ルーファスが何を言ったとしても、今ほど傷つけることはできなかったかもしれない。

ライラは息が詰《つ》まり、何も言えなくなった。涙さえ出てこない。

呆然としていると、ルーファスは静かに席を立った。

残されたのは、ライラ一人で……。

今更ながら、涙が溢れ出てきた。

午後になると、またライラの家族がやってきた。彼らはよくよその家を訪問していたが、それにしても、最近はこの館に出入りする回数があまりにも多いと思った。

執事《しつじ》は彼らを客間に通していた。ルーファスはライラと連れ立って客間に入り、いつものように愛想を振りまいた。

わたしには、朝食のとき以来、ずっと声もかけてくれないくせに。

今日も姉達は着飾っている。新しいドレスだろうか。そんなお金があるなら、教会に寄付すればいいのにと、ライラは思ったが、ふと我《われ》に返る。醜《みにく》い嫉妬の心を持っているから、こんなふうに考えてしまうのだ。姉が綺麗で、幸せそうなら、妹の自分はもっと喜んであげなくてはいけないのに、どうして粗探《あらさが》しばかりしてしまうのだろう。

今のわたしは、心まで醜くなってしまっている。ルーファスを愛するあまりに……。愛していなければ、ここまで傷ついたりしない。他の男が似合いだと言われて、何も言えなくなるほど悲しくなったりしない。

ライラは喉《のど》に手をやった。いろんな想いが胸に詰まったまま吐き出せないせいか、喉まで痛くなっている。

エイラとマイラはドレスのことを何か話している。ルーファスは退屈だろうに、それをにこやかに聞いていた。彼女達のどちらかが気に入っているに違いない。どちらも、ルーファスとは似合いだ。

ライラは胸に巣食《すく》う黒い嫉妬心を抑《おさ》えていたものの、どうにも抑えが利かない。姉にしろ、父にしろ、ここへやってくる暇《ひま》があるのなら、牧師館の床でも磨くといい。そう思ったが、なんとか口に出すのは避けられた。ここでそんなことを口にしてしまったら、自分が嫉妬していることが、ここにいる全員にばれてしまう。

不意に、父が口を開いた。

「そういえば、小耳に挟んだのですが、代々の領主様の肖像画が飾ってあるとか……」

「ああ、書斎の前の廊下にずらりと並んでいる。ライラ、父上を案内してやるがいい」

ルーファスはライラをこの場から追い払いたいらしい。

「はい、仰《おお》せのままに」

ライラは立ち上がり、ルーファスに大げさなお辞儀《じぎ》をすると、父を肖像画が並ぶ廊下へと案内した。

「ほう……。これは凄《すご》いな。これほどご先祖がいるとは……」

父は嬉しそうに古い肖像画から見ていく。

「なあ、ライラ。おまえはどうやら我が家に幸せを運んできたようだぞ」

「どういう意味ですか？」

意味が判らなかった。ルーファスは誰でも館に来ていいと言っていたが、実際に頻繁《ひんぱん》に出入りしているのは、一握《ひとにぎ》りの人間だけだ。父や姉が村の有力者に混じって、よくこの館に来るのは、ライラの存在があるからだと思っていたが、そのことを言っているのだろうか。

「領主様はエイラかマイラのどちらかを、妻として迎え入れるつもりのようだ」

ライラは息ができなくなりそうな気がして、喉元に手をやった。喉に大きな塊があるようで、痛くてたまらない。もちろん胸の奥も痛む。

「り、領主様が……そうおっしゃったのですか？」

「ああ、そのようなことを仄《ほの》めかされた。娘が嫁《とつ》ぐとさぞ淋しいだろう、とか、そういったことだ。これだけ頻繁に招待してくださるのだから、領主様はエイラかマイラを気に入っているんだろう」

彼らが勝手に来ているわけではなく、ルーファスが招待していたのだ。自分の考え違いに、ライラは眩暈《めまい》がしてきた。最近、別の者が招待状を書いているから、今まで気づかなかったのだ。

ああ、そうだったのね……。

わたしはもう、自分の役割から下ろされるんだわ。だから、ジュークとお似合いだなんて、言い出したのね。

ライラは泣き出したかったが、生憎《あいにく》と涙が枯《か》れたようになって出てこなかった。

「これも、おまえがこの館に奉公《ほうこう》するようになって、領主様と親《した》しくなったからだ。礼《れい》を言うよ、ライラ」

今になって父に感謝されるとは、あまりにも皮肉なことだった。恥晒《はじさら》しだと罵倒《ばとう》されたのは、それほど前のことではない。それとも、父はもう忘れたのだろうか。ライラをあれほど傷つけたことを。

教えて、神様。どうしてわたしだけが、こんなふうに苦しまなくてはならないの？

ライラは一瞬そう思ったが、すぐに自分を恥《は》じた。自分だけが苦しんでいるなんて、そんなふうに考えるのは恥ずかしいことだ。

こんなことは、なんでもない。ルーファスはもっとつらい目に遭ってきた。あの傷跡を抱《かか》え、人目を避《さ》けて、不信感の塊《かたまり》となっていた頃を思えば、今の状態を喜んであげるのが、自分の務《つと》めだ。嫉妬のために、自分のことを過剰《かじょう》に可哀想だと思うのは、間違っている。だって、所詮《しょせん》、わたしは一時だけ彼を慰める役割をしただけだもの。愛妾なんて、初めからなんの約束もないものよ。飽きられれば終わり。ずっと判っていたことよ。

ただ、その終わりがこれほど早く訪れるとは思っていなかっただけだ。

ライラは上機嫌にこれからのことを喋る父の隣で、自分が生きている価値さえないような気がして、仕方がなかった。

ルーファスはライラの様子がおかしいことに気がついていた。

ここしばらくおかしかったが、今日は朝から変だ。そう考えて、彼女が庭でジュークと二人きりでいたところを思い出した。たまたま早く起きたので、ライラの散歩に付き合おうと庭に向かったら、何やら深刻そうな顔をしている二人を目撃したのだ。

ライラはあのとき泣いていた。思い出すだけで、ルーファスは胸が詰《つ》まるような気がした。

よりにもよって、あの男なんかと……！

ライラはやはりあの男が好きなのだろうか。あんな奴《やつ》など、さっさと館から追い出してやればよかった。しかし、そんなことをすれば、ライラが悲しむと思って、ずっと我慢していたのだ。

ルーファスは恩《おん》を仇《あだ》で返されたような気がしてならなかった。

すべては、ライラのためだった。彼女のためでなければ、村人と交流してなかっただろう。獣の仮面もつけたままで、今でも日が落ちたときにしか行動していなかったはずだ。

皮肉なことに、彼女の言うとおりにしたら、村人から賞賛され始めた。本当のことを言えば、馬鹿馬鹿《ばかばか》しくて仕方がない。こんな簡単なことでよかったのかと。今では、立派な領主様と思われているらしい。ついこの間まで、人を食うという噂を流されていたというのに。

だが、これで慕《した》われる領主となった。今の自分ならライラに恥をかかせないと思った途端、肝心《かんじん》の彼女とはぎくしゃくするようになってしまった。

彼女をベッドに連れていきたい。求めるままに貪《むさぼ》りたい。しかし、もう、そんなことをしてはいけないと思っている。彼女を淑女《しゅくじょ》のように扱いたい。そのために、彼女は自分の相談役だとか、思ってもみないことを口にしたのだ。今は村人の間でもそういうことに落ち着いているようだ。本当は愛妾だと疑われていても、誰も口に出したりしない。

だからこそ、彼女を抱くのは控《ひか》えている。今更かもしれないが、彼女を妻にするまで、綺麗なままで取っておきたいと思っていた。

そのために、彼女の家族も頻繁に館に招待した。彼らのことを愚《おろ》か者だと思っていたが、できるだけにこやかに接している。そうすることで、彼らのライラに対する気持ちをもっと穏《おだ》やかなものにしてあげたいと思ったからだ。

あれだけライラを傷つけたのだから、彼らなど罰してもよかったのだが、そんなことをしたらやはりライラが悲しむと思った。それだけライラのことを思いやって、行動していたのに、その彼女がどうして自分から離れていこうとするのだろう。

ルーファスは、久しぶりに今夜は彼女をベッドに連れていこうと決心しながら、夕食を口に運んでいた。こんな夕食など、さっと終わらせたいくらいだが、生憎《あいにく》、客がいる。こんなことなら、誰も招待しなければよかった。

ルーファスは客と談笑しながらも、気持ちはライラだけに向いていた。

やっと地獄のような夕食が終わり、客は帰っていった。客を送り出して、ライラを振り向くと、彼女も何か切羽《せっぱ》詰まった瞳でこちらを見つめている。

「ライラ、今日は……」

「ルーファス様、お話があるんです。書斎で聞いていただけますか？」

自分が口を開くのと同時に、彼女も同じように喋《しゃべ》り始めていた。ルーファスは眉をひそめたが、彼女には何か重要な話があるのだろう。ベッドに連れ込むのは、それからでもいい。

彼女を抱いて、二人のぎくしゃくとした仲をなんとかしたい。二人にとって、それがきっと一番なのだ。

書斎に入ると、ライラを椅子に座らせる。ルーファスはどこに座ろうか考えたが、今日のライラはどこか頑《かたく》なな雰囲気があるので、テーブルを挟んだソファに腰かけた。

「それで……なんだ？　話とは」

ルーファスは尊大《そんだい》ぶった態度で話しかけた。本当は彼女を抱き締めてキスをしたかったが、その気持ちを抑えているため、そんな話し方になってしまったのだ。

ライラはうつむいていたが、ふと何か決心したように目を上げた。

「わたし……家に帰りたいんです」

「家に……？　もちろん帰るのは構わない」

そう答えると、ライラはまたうつむいた。

「そうですか」

「前は、おまえが逃げるんじゃないかと思って、帰ってはいけないと禁じていただけだ。今は別に帰ってもいい。また戻ってくるなら」

ライラは不思議そうな顔をして、首をかしげた。

「どうして……。いえ、わたしはそういう意味で言ったんじゃないんです。もうここにはいたくないという意味です」

ルーファスは彼女の言葉に打ちのめされた。

もう、ここにはいたくない……だと?

そんな馬鹿な。彼女の言うとおりに、なんでもしてきたじゃないか。何がよくないと言うんだ。

たとえ、彼女がジュークを好きだとしても、彼はこの館で働いている。ここにいたくないと言うはずがない。ということは、他に好きな男でもできたのだろうか。ここに出入りする男達の中で、彼女に言い寄った奴がいたに違いない。

誰だ……。誰なんだ。

ルーファスは懸命に記憶の中を探った。そういえば、一人、いい男がいた。村長の息子だ。まだ若いが、ライラと年齢は釣り合うだろう。優しげな男で、確かに彼から言い寄られたら、ライラの心も揺れるに違いない。

ルーファスは納得したものの、裏切られたという気持ちが消えない。彼女だけは、自分を決して裏切らないと思っていたのに、やはり見捨てるのだ。

ルーファスは彼女をこのまま押し倒して、奪ってやりたかった。寝室に連れ込み、ベッドに鎖でくくりつけて、もう絶対に部屋から出さないようにしたかった。

以前の自分なら、間違いなくそれを実行しただろう。しかし、今の自分はできなかった。

彼女のために、よりよい領主になろうと努力した。その結果、ある程度の尊敬は得ている。今更、それを台無しにしたくない。すべては彼女のためだった。今まで自分が誰か他人のために、これほどまでに努力をしたことはなかったのだ。

努力して、獣ではなく、普通の人間として周囲に認められた。ライラもまた獣の領主の愛妾としてではなく、もっと高い存在として認められるようになったと思う。

ライラをこれ以上、傷つけたくなかった。彼女の名誉を取り戻せたのなら、もう他に望むことはない。いや、本当は彼女を妻にしたい。そして、幸せにしたかった。

だが、彼女の幸せが別のところにあるというのなら、自分に縛りつけるような真似はできなかった。一度、もうそれは実行している。また彼女を脅かすことは、今の自分にはできない。

ルーファスは胸が痛んだ。

彼女を手放したくない。けれども、手放さなくてはいけない。彼女の幸せのために。

ルーファスは泣きたかった。もちろん、泣いたりしない。取り乱すこともしない。今は欲望より理性を優先させる人間で、領主なのだから。

なんてことだろう。獣のままでいればよかった。そうすれば、一生、彼女を傍に置いておけたのに。

「おまえがそう望むなら……」

ルーファスはそう言いながら、自分の声がどこか遠くから聞こえるような気がしてならなかった。

第六章　素直な告白

ライラは何も持たずに家に帰った。

今のライラの持ち物は、すべてルーファスに買ってもらったものだからだ。元の持ち物はすべて彼に捨てられてしまっている。だから、自分が持ち出すことはできなかった。

自分の粗末《そまつ》なドレスはまだ家に残っているだろうか。捨てられていなければいいが。

そう思いながら、ライラは牧師館に辿《たど》り着いた。

この間、見たときと同じように、庭は荒《あ》れ果《は》てている。心なしか家の外側もずいぶん傷《いた》んでいるような気がした。きっと誰も手入れをしないからだろう。

わたしの人生はこの家の掃除をして終わるのかしら。

もっとも、牧師館は父が牧師でいる間だけ借りているもので、一生、過ごせるわけではない。だとしたら、自分はこれからどうなるのだろうか。姉のどちらかが本当にルーファスと結婚するなら、もうこの村にはいられない。彼の領地ではなく、別の土地に行って、暮らすしかなかった。

ルーファスが誰かと結婚するところなんて、絶対に見たくない。彼の幸せを願いながらも、それだけは絶対にできなかった。

ライラが扉を開けて、中に入ると、父がちょうど出かけようとしているところだった。

「どうしたんだ、ライラ」

家に入って、最初に顔を見たのが父でよかったと思う。エイラやマイラだったら、嫌な気分になったに違いない。長い間、自分が姉達の犠牲になっていたことに気づかなかったが、今となってはよく判る。父もライラに対してずいぶんひどい仕打ちをしていたものの、きっと細かいことはあまり気にしない性格だからなのだろう。

「戻ってきたの。ずっとここにいるわ。領主様は帰っていいと言ってくださったから」

「そうなのか……」

父は釈然《しゃくぜん》としない顔をしていたが、何も言わなかった。

「お父様、どこかにお出かけになるんでしょう?」

「ああ、村長の家に用事があるんだ。それから、領主様が建ててくださった学校にもな」

「それなら、夕食は何時にしましょうか」

父は途端に嬉しそうな顔をした。

「夕食を作ってくれるのか?」

「もちろんよ。わたしがいない間、食事はどうなさっていたの?」

「その……適当に」

適当に……？

ライラは首をかしげた。家の中を見れば、掃除がまともにされていないのはすぐに判った。しかし、まさか、食事まで作らなかったわけではないと思うのだが。

「とにかく、おまえが戻ってきてくれて嬉しいよ」

前にここへ来たときには、二度と帰ってくるなと言われた。それでも、今は歓迎してくれるのだから、喜ばなくてはならないだろう。たとえ、家政婦や女中代わりであっても。

「まあ、ライラじゃないの」

二階からエイラが下りてきた。続いてマイラもやってきた。二人とも、相変わらず着飾っている。彼女達は今日もどこかに出かけるつもりなのだ。

「ライラは戻ってきたそうだ。ずっとここにいるそうだぞ」

父が代わりに答えてくれた。エイラはずるそうな笑みを見せた。

「まあ、そうなの。あなたがいてくれると、助かるわ。でも、やっぱり、領主様のところはやめさせられたのね」

本当はこちらから出てきたのだが、いちいち説明はしたくなかった。それに、いずれは放り出されてしまったのかもしれないから。

マイラもカールした髪をいじりながら、ライラに嫌味《いやみ》を言う。

「領主様もいつまであんたを傍に置いておきたくないだろうって、わたし達、話してたのよ。相談相手なら、もっと美しくて、もっと教養のある女性でないと」

ライラより、自分達のほうが領主にふさわしいと思っているようだった。美しさはともかくとして、教養はどうだろうと、さすがのライラも考えてしまった。二人の姉はあまり本も読まないからだ。

しかし、もう関係ない。館のこともルーファスのことも、考えたくなかった。ただし、彼女達のどちらかがルーファスの妻になるというのなら、自分はすぐにこの村から出ていくつもりだった。

たとえ、どこで野垂《のた》れ死にしてもいい。ここにいて、胸が張り裂けそうな気持ちになるより、ずっとマシだった。

「今日の夕食はライラが作ってくれるそうだ」

父が嬉しそうに口を挟むと、エイラとマイラもほっとしたような顔を見せた。

「まあ、助かるわ。わたし達、いろいろと忙しいものだから……」

父が帽子をかぶって出かけていくのに続いて、姉二人もそそくさと出ていった。ライラは思わず溜息をつく。自分は家族の中で、貧乏くじを引いていたに違いない。とんだ、お馬鹿さんだったのだ。自分だけが粗末なドレスを着て、懸命に床を磨いている間、あの二人の姉は一体《いったい》、何をしていたのだろう。

忙しいだの、寄付を頼みにいくだの、そんな言葉を信用していた。今だって、できることなら、彼女達の言葉を信じたいと思っている。しかし、館でルーファスの気を引く素振《そぶ》りを見てきたから、今では疑う気持ちしか残っていなかった。

とはいえ、戻ってきたからには、自分が掃除をするしかない。そして、家の中のことを引き受けるしかなかった。どうせ、他の誰もしないのだから。

ライラは自分が着ているドレスを見つめる。こんな格好では水汲みもできない。かつての自分の部屋に戻り、粗末なドレスを見つけて、着替える。髪もリボンでひとつに結んで、邪魔にならないようにした。

鏡を見た。そこには、村娘がいる。一瞬、ルーファスの顔が過ぎったような気がした。

今はもう忘れなくてはいけない。

ライラは痛む喉を押さえて、水汲みのために井戸へと向かった。

ルーファスは苛々《いらいら》していた。

ライラが家に戻って、まだ一週間しか経《た》っていない。それなのに、もう音《ね》を上げているのだ。正直言って、彼女を取り戻したくて仕方がない。

けれども、強制して戻らせても、それがなんになるだろう。彼女の幸せを祈るのが立派な領主の役目だ。

しかし、立派な領主になりたいと願ったのは、それがライラのためだと思っていたからだ。ライラがいないのなら、なんの意味もない。極端なことを言えば、生きている甲斐《かい》がないとも言えた。

いっそ、このまま病《やまい》に倒れれば、彼女の同情を引けるだろうか。彼女なら間違いなく、戻ってきて、手厚く看護をしてくれるだろう。しかし、そんなに都合よく病気になれなかったし、なったところで、ライラに同情されるのは真《ま》っ平《ぴら》だった。

自分が欲しいのは、決して同情ではなかった。彼女の愛情が欲しい。それ以外のものはいらなかった。

今日はライラの姉二人が、館を訪問していた。

彼女達は一体、何をしにやってきたのだろう。招待した覚えもない。ライラがいないのに、招待する意味もないからだ。しかし、せっかく訪問してくれたのだから、ライラの話を聞きたいと思って、ルーファスは気が進まないながらも、客間に足を運んだ。

相変わらず二人は着飾っている。ライラが粗末なドレスを着ているところを、ルーファスはまだ覚えていた。彼女は本当に働き者だったが、この二人は怠《なま》け者に違いない。きっと、家の中で、ライラは今もこの二人にこき使われているのだろう。

そう考えると、なんだか腹が立ってきた。

「ライラは元気そうか？」

一番にそれを確かめたくて尋ねた。

「ライラは家にも帰ってきてから、ずいぶんと怠け者になりましたの」

エイラが少し不機嫌そうな口調で言った。

「ライラが怠け者？　まさか……そんなことはないだろう」

少なくとも、この姉二人に怠け者だと蔑《さげす》まれるほどではないだろう。いくら彼女が館の中では働かなくてもいい身になっていたとしても、彼女の性格からいって、元の場所に戻れば、きっと働き者に戻っているはずだ。

「それが、具合が悪いなんて嘘をついて、部屋から出てこないんですのよ。昨日も一昨日も、食事を作ってくれなくて……。掃除だってさぼってるし、とにかくあの子にやってもらいたいことがたくさんあるのに、なんにもしないんですもの」

ルーファスは彼女の言葉を聞いて、カッとなった。だが、もう少し彼女の言い分を聞いてみよう。意地悪な気持ちで、彼女の今日の装《よそお》いや容姿《ようし》を褒《ほ》めたたえた。彼女はずっとそんなふうに褒められたがっていたからだ。

「ええ、この髪の色、皆さんに羨《うらや》ましがられていて。わたし達、いつも金髪の美人姉妹と呼ばれていて、村では有名なんですよ」

彼女達の髪は確かに金髪の中でも、かなり薄い色で、めずらしかった。しかし、自分で美人姉妹と言い出すとは思わなかった。

「その、美人姉妹の中には、ライラは入っていないのか？」

「いやだ、あの娘は金髪じゃないし。汚い色の髪だわ」

汚い色の髪？　とんでもない。少なくとも、ルーファスにとっては、なんとも言えない色合いの髪に思えていた。結局のところ、ライラの髪の色だから、ルーファスは気に入っているのだ。ライラが金髪なら、金髪が好きになっているに違いない。

エイラばかりが喋《しゃべ》っていては不公平だとでも思ったのか、今度はマイラが猫撫《ねこな》で声で話しかけてくる。

「領主様、ライラがいなくなって、お困りじゃありません？」

「ああ、そうだな。少し困っている」

少しなんてものではなかったが、この愚《おろ》かな姉妹に本音を打ち明けるつもりはなかった。彼女達はとてもライラの姉だとは思えない。フェルトン牧師もどうしてこの二人を甘やかしていたのだろう。少しばかり美人だからといって、その美貌《びぼう》が永遠に続くわけではないのに。ライラの気立《きだ》てのよさと比べれば、彼女達の自慢の美貌など、なんの価値もなかった。

「領主様さえよければ、わたし、ライラの代わりを致しますわ。なんなりと、ご相談くださいませ」

マイラはルーファスを誘惑するように微笑んだ。

「まあ、マイラ。ずるい！　わたしこそ、そのお役目にふさわしいわ。あなたより年長なんですからね」

「わたしはエイラより賢《かしこ》いわ」

「そんなことないわよ。お父様は子供の頃からわたしのことを『賢いエイラ』と呼んでくださっていたもの」

「お父様は知らないだけなんだわ。それに、美しさでは、わたしの勝ちよね」

「あら、知らないの？　どちらが綺麗かと訊かれたら、大概《たいがい》の人は……」

放っておいたら、二人の言い争いは際限《さいげん》なく続くだろう。ルーファスは辟易《へきえき》とした。これでは、ライラの話さえ聞き出せない。彼女達は自分のことしか関心がないのだ。妹が具合が悪くても、怠け者の一言で済ませてしまう。

自分は一体、ここで何をしているのだろう。こんな性悪《しょうわる》の女達と話すことなど、何もない。彼女達と我慢して付き合ってきたのは、ひとえにライラの姉だからだ。そのライラが自分の傍からいなくなったのに、彼女達のこんなくだらない話を聞く気にはなれない。

ライラ……。

彼女は今、どうしているのだろう。具合が悪いなんて、まさか身ごもったのだろうか。その可能性がないとも言い切れないが、このところ彼女をベッドに連れていかないようにしていた。いずれ結婚式を経《へ》て、改めて花嫁として彼女を受け入れようと思っていたからだ。

ライラのことを思い出すにつれて、ルーファスはやはり自分の花嫁になる女は彼女しかいないと考えるようになっていた。

ライラには好きな男ができたかもしれないと思っていた。だが、ルーファスはまだ諦めきれない。彼女のためになると身を引いたが、もう一度だけ捨て身で頼んでみようか。

どうか、戻ってきてほしいと。いや、そうではない。花嫁になってほしいと。

考えてみれば、まだプロポーズはしていなかった。それで彼女の気持ちが変わるかどうか判らないが、やってみないことには結果は判らない。

それに、彼女の病のことが気になる。もし、重い病だったとしたら……。

そう考えて、ルーファスはぞっとした。自分なら、いい医者に診《み》せてやれる。医者のほうを連れてきてもいい。この館の寝心地のいいベッドに寝かせて、看病してやりたい。

ルーファスは突然、立ち上がった。

言い争っていたエイラとマイラが驚いて、こちらを見上げている。ルーファスは彼女達に笑いかけた。

「用事を思い出してしまったので、少し席を外《はず》してもいいだろうか。君達はしばらくここでお菓子《かし》でも食べていればいいい」

ここから追い出したいのは山々だが、自分が行きたいところと同じ場所に向かわれると邪魔なのだ。しばらく、ここで足止めしておきたい。

「ええ、もちろんですわ」

「どうぞ、用事を済ませていらして」

たった今まで口汚《くちぎたな》く罵《ののし》り合っていたのも忘れていたかのように、二人は上品ぶって答えた。


ライラは頭の痛みに、顔をしかめた。

まだ熱が下がりきっていないのは判っている。しかし、なんとかしないと、せっかく綺麗にした家が、また汚くなってしまう。

「ライラ、まだ寝ていたほうがいい。ふらふらしてるじゃないか。掃除は無理だ」

父は心配そうに声をかけてきて、ライラの身体を支えた。

「いいのよ。こんなこと慣れてるもの」

ライラは母が亡くなってから、具合が悪いときでも、ずっと家事をしてきた。それが自分の仕事だと思っていたからだ。

一週間前にここへ戻ってきたときには、すでに喉が痛かった。それから、無理をして、家中を綺麗にした。ライラがいない間、洗濯やアイロンがけは人に頼んでいたそうだが、掃除や食事などまで人任せにすると高くつくので、自分達でやることにしていたらしい。

ところが、姉達は手を汚すのが嫌で、掃除をせずに、食事らしい食事も作らなかったという。パンとミルクがあればいいほうで、他に何か食べたいものがあれば、村の食堂で食べたようだった。

だから、家は汚いままで、父が風邪をひいても、看病もせずに、ほったらかしだったのだ。洗濯とアイロンがけだけに人を雇っていたという事実は、姉達がどれほど見栄《みえ》っ張《ば》りかを示すもので、ライラはそれを聞いたときに呆れたものだった。

「おまえが帰ってきて、エイラとマイラがどれほど驕慢《きょうまん》な性格なのか、やっと判ったような気がする」

父はライラを食堂の椅子に座らせながら言った。

「わたしもここにいるときは気づかなかったわ。姉さん達はいつもわたしと違って、忙しいと思っていたのよ。わたしは家の中のことしかできないから、家族のために働くのは当然だって思っていたの」

今では、ライラにも判っていた。姉達が忙しいと言いながら、いろんな家庭を訪問しては、領主館にいるときのように笑いながら、くだらない話をして、時間を潰していただけだったのだと。その間、自分は家の中で忙しく立ち働いていたのだ。

そして、ライラがいなくなっても、誰も自分の代わりはしていなかった。

「ライラ……。私は教会のことばかり考えていて、家庭のことはちっとも気を配っていなかった。おまえが去って、家の中が汚くなっていったのは判っていた。ロクなものも食べられなくなったということも。だが、それなりに暮らしていたし、何より教会のことが、私にとっては一番だったから……」

そういうことなのだ。父は自分の家庭より、他の村人のことばかり心配していた。それはそれで気高《けだか》い行為なのだが、ライラはその気高さの犠牲になっていたのだ。すべて、ルーファスの言うとおりだった。

奉公《ほうこう》に上がる娘を決めるときだって、そうだった。父は自分の娘から選ぶのが当然で、その中でも目立たないライラを犠牲にすることに躊躇《ためら》いはなかった。

「もう……いいのよ。お父様が判ってくださったなら、それでいいの」

今更、あのときに時間は戻せないのだ。それに、姉達の驕慢さをどうやって治すことができるだろうか。ライラには思いつかない。

「それにしても、おまえがこんなに具合が悪いのに、姉さん達ときたら……」

「大丈夫よ。無理はしないから。お父様こそ、お仕事があるんでしょう？　わたしのことはいいから、出かけたらいいわ」

父がいたところで、別になんの助けにもならないことも、ライラは承知《しょうち》していた。それに、父は新しくできた学校のことで、いろいろすることがあるのだ。

「後で、リスミン夫人に手伝いに来てもらおう。だから、休んでいてくれ。今頃気がついて申し訳ないが、おまえは大切な娘なんだからね」

ライラは父に笑いかけた。そんなふうに言ってもらいたくて、ずっと努力していたのだ。だから、やっと夢がかなったと言えるだろう。

「ありがとう、お父様。行ってらっしゃい」

父はやっと出かけた。リスミン夫人は未亡人で、どうやら父と仲がいいらしい。母が亡くなって、もうずいぶん年月が経ったから、再婚してもいい頃かもしれない。ただし、リスミン夫人はいい人だけど、はっきりものを言う人だから、間違いなく姉達とはぶつかるだろう。

しばらくして、ライラはそろそろと立ち上がった。リスミン夫人がやってくる前に、台所を片付けておこう。

もし父がリスミン夫人と再婚したら、自分は邪魔になるかもしれない。やはり、違う村に行くべきだろうか。それとも、どこか遠い町へ行こうか。いずれにしろ、ルーファスは誰かと結婚するだろうし、やはりこの村にはいたくない。

ふと、彼の顔が脳裏に浮かぶ。あの傷跡でさえいとおしい。けれども、彼はもうライラに飽きているようだった。

せめて、もう一度だけ抱いてもらえばよかったかしら。

そうよ。お別れのキスもせずに、出てきてしまった。

「ルーファス……」

一度だって、呼び捨てにしたこともない。わたしの愛《いと》しい獣《けもの》。

ふと、馬の蹄《ひづめ》の音が聞こえてきた。馬車ではなくて、馬が一頭走っているようだ。どこへ向かっているのだろう。と思ったら、この家の前で音は止まった。

誰が来たのかしら。まさか、ルーファス……？

いいえ、そんな都合のいいことは起こらないわ。わたしが名前を呼んだからって、現れるはずがないもの。

とはいえ、誰か訪問者が来たらしい。ライラは片付けの手を止めて、扉のほうへと向かった。すると、ノックの音もなしに、向こうから扉が開かれた。

「ライラ！」

そこに立っているのは、ルーファスだった。ライラは驚いて、何も言えずに立ち尽くした。

「嘘……」

ライラの口から出てきたのは、そんな間抜《まぬ》けな言葉だった。

彼の館を飛び出してきて、一週間しか経っていない。しかし、その一週間、ずっと彼の夢を見続けていた。熱が出ていたせいもあって、繰り返し同じような夢を見続けて、苦しくてならなかったのだ。

艶《つや》のある金褐色の髪に深い紺の瞳。そして、頬に走る傷跡。

彼の熱い眼差しに射抜かれて、脚が震える。

ライラは涙ぐんだ。

会いたかった。ずっと会いたかったのだ。けれども、彼になんと言っていいか、判らなかった。

「ライラ！　具合が悪いんだろう？」

ルーファスが歩み寄ってきて、ライラの身体を抱き締めた。

ああ、こうして抱き締められたいと、どれだけ思ったことか。

この瞬間が幻《まぼろし》でもいい。これが夢の続きであっても、ライラは神様に感謝したかった。

「なんてことだ。熱があるじゃないか！　それに、ずいぶん痩《や》せている」

「わたし……大丈夫よ」

やっとのことで、ライラは声を出した。彼の身体や腕の感触に、これが幻でも夢でもないことを確信したものの、震えが止まらなかった。

「大丈夫なんかじゃない！　すぐに医者に行かなくては！」

ルーファスはライラを抱き上げた。彼がそのまま戸口に向かおうとするので、ライラは慌てて止めた。

「ただの風邪で、もう治りかけてるの。お願い、下ろして」

ルーファスは迷う素振りをした。医者に行くほどではないと、判ってくれればいいのだが。

「でも、起きていてはいけない。おまえの部屋はどこだ？」

「二階だけど……」

彼はライラを抱いたまま、階段を上っていく。彼がどうして突然やってきて、こんなに優しくしてくれるのか判らなかったが、ライラは嬉しかった。束《つか》の間の幸せであっても構わない。愚かかもしれないが、今だけでもいいから、夢を見ていたかった。

ライラの狭い部屋に、ルーファスが入っていく。そこにある小さなベッドに、彼はそっと下ろしてくれた。

「熱があるのに、どうして起きたりしたんだ？」

彼は上掛けをライラの身体にかけながら尋ねた。とても心配そうな目をして、彼が見下ろしている。

「いろいろ……しなきゃならないことがたくさんあって……」

「お父さんや姉さん達はどこまでおまえをこき使う気なんだ！　おまえがこんなに死にそうに疲《つか》れた顔をしているというのに」

ライラはくすっと笑った。

「死にそうでもないわ。ただの風邪だもの。少し長引いたけど、大丈夫よ。自分の身体は自分で判るし。それに、父は寝ていなさいと言ってくれたのよ」

「それでは、少なくともお父さんはおまえを気遣ってくれたわけか」

「姉達は出かけたわ。その……姉のどちらかに会いにいらしたの？」

ライラはルーファスが突然ここへやってきた理由が判らず、戸惑っていた。村へ何度か二人で来たときに、牧師館の場所を教えたことはあったが、今まで一度も彼がここに来たことはないのだ。恐らく、何か特別な理由でもなければ、ここには来なかったはずだ。

まさか、姉のどちらかにプロポーズするわけじゃないわよね……？

そんな理由で訪問したのだとしたら、今すぐ病気で死んでしまいたい。ライラはそう思ったが、治りかけの風邪ごときで死んだりしないだろう。

「おまえの姉さん達は今頃、私の館で菓子でもつまんでいるだろうな。おまえが病気だと聞いたから、やってきたんだ。姉さん達はおまえが怠《なま》けていると思っているらしいが」

「まあ……」

姉達にそう思われていることは知っていたが、わざわざルーファスに言ったのか。ルーファスはそれで本当にライラの具合が悪いということに気づいて、馬で駆けつけてくれたのだ。

ライラの胸の中は温かくなった。彼はやはり優しい人だ。以前は、心のない獣だと自分のことを言っていたが、やはりそうではなかった。

「嬉しいわ。わたしが怠けてるんじゃないと判ってくれて」

「おまえという人間を知っていれば、怠けてるなんて思うはずがない。だいたい、あの姉さん達がおまえについて喋ることは、ほとんどデタラメばかりだ。しかも、全部、棘《とげ》がある。おまえの姉だからと思って、我慢していたが……」

ライラの胸に明るい日が差したような気がした。彼はエイラやマイラを気に入っているわけではないのだ。

「わたし、あなたがエイラかマイラのどちらかに惹かれていると思っていたの」

ルーファスはそれを聞いて、驚いたように目を瞠った。

「どうして、おまえの頭にそんな考えが忍び込んだんだろうな……」

「だって、あなたは姉達にすごく愛想がよかったし、姉達はあのとおりものすごい美人なんですもの。それに、父が……あなたがエイラかマイラに結婚を申し込むんじゃないかって……」

「おまえにそんなことを吹き込んだ父親をどうにかしてやりたいぞ」

ルーファスは不機嫌そうに言って、ベッドに腰かけた。ライラは上半身を起こして、彼の腕に触れる。できれば、寄りかかりたいが、彼に飽きられているなら、そんなことをすれば迷惑に思われるかもしれない。

「父はあなたに結婚の申し込みを仄《ほの》めかされたと思っていたわ。娘を嫁にやるのは、つらいだろうとかなんとか……」

「だからって、どうしておまえの姉と結婚するなんて思ったんだろう。私はあんな性悪《しょうわる》で怠惰《たいだ》で自惚《うぬぼ》れの強い女とは結婚しない」

　それを聞いて、ライラはほっとした。それだけは絶対に嫌だったのだ。ルーファスが姉達の美貌に惑わされていると思うと、苦しくてならなかった。いずれ他の誰かと結婚するにしても、姉達だけは避けてほしかったからだ。

「よかった……。わたし、あなたにはもっとふさわしい人がいると思っていたのよ。美しくて、優しくて、あなたのことを理解してあげられる人が……」

「そんな女が私と結婚するなら、おまえは祝福してくれるのか？」

　ルーファスの言葉に、ライラは凍《こお》りついた。

　笑って祝福すると言わなくてはいけない。けれども、どうしてもその言葉が出てこなかった。笑うことすらできない。胸が痛くて、涙が零《こぼ》れ落ちそうだった。

「ごめんなさい……。わたし、祝福なんてできない……っ」

　ライラはとうとう自分の顔を両手で覆った。自分はただの愛妾に過ぎなかった。彼が飽きたら、すぐに捨てられる運命だったのだ。それなのに、愛してしまったし、愛されたいという夢を見てしまった。

「ライラ……顔を上げるんだ」

ルーファスが優しくライラの両手を外した。彼の紺色の瞳に優しげに見つめられている。

ライラは彼と別れたくなかった。離れたくなかったのだ。

「ルーファス……！」

呼び捨てにして呼んだのは初めてだった。彼の目が嬉しそうに細められる。

「私が花嫁にしたいのは、おまえしかいない」

そのとき、ライラの目の前はぱっと明るくなった。

それこそが、ライラの望んでいたことだったからだ。

「本当に……？」

「ああ、本当だ。他のどんな女も欲しくない。おまえだけだ」

ライラの目から流れる涙は、今度は別の意味での涙だった。

ルーファスはライラの両肩に手を置いて、顔を覗き込んだ。

「ライラ、愛している。いや、これから一生、おまえだけを愛し続けるから、どうか私の花嫁になってほしい」

ああ、この言葉をずっと聞きたかったんだわ……。

ライラは感動のあまり、上手く喋れなかった。涙は出るし、声は震えてしまっている。

「わたし……わたしも……愛してる。あなたの花嫁になりたいの……っ」

ライラがやっとそれだけ言うと、ルーファスは顔を近づけてきた。

唇が重なる。こんな優しいキスは初めてだった。

わたし、幸せすぎて、どうにかなってしまいそう。

舌がするりと入ってきて、ライラの舌に絡んでくる。うっとりとキスを返そうとしたが、すぐにルーファスは唇を離した。

「おまえは具合が悪いんだったな」

「もう治ったみたい……」

実際、天にも昇る心地で、ライラは熱なんか吹き飛んでしまったような気がしていた。

「そんなわけはないだろう。それに、私は結婚するまで、おまえに触れないでおこうと思っているんだ」

「えっ、どうして？」

「今までおまえを好きなように弄《もてあそ》んできた。私のせめてもの罪滅ぼしのつもりなんだ。だから、しばらくおまえをベッドに入れなかっただろう？」

つまり、彼がライラと距離を置いていたのは、そういうことだったのだ。ライラはほっとした。

「わたし、あなたに飽きられたかと思っていたの」

「馬鹿な！　なんのために、立派な領主になろうとしていたと思うんだ？」

「なんのためって……。あなたのためでしょう？」

ルーファスは呆れたようにライラを見て、それから溜息をついた。

「すべて、おまえのためだ。おまえが村から泣いて帰ってきたとき、おまえの身体を弄んでしまって、本当にすまないと思った。だから、結婚しようと思ったが、獣の領主では、おまえの名誉は回復できない。立派な領主と認められるようになってから、おまえを花嫁にしようと思ったんだ」

ライラは初めてそんな計画を聞いて、驚いた。そんなことを考えているとは、まったく思いもしなかった。見当違いの嫉妬心を抱いて、どれだけ苦しかったことか。姉にすら嫉妬して、結婚の申し込みをするに違いないなどと邪推《じゃすい》していたのだから。

「獣の領主様でもよかったのに」

「そんなことを言ってくれるのは、きっとおまえだけだ」

そうだろうか。ライラは彼の傷跡など気にならなかった。ほぼ昼夜逆転の生活は嫌だったし、みんなに誤解されていたのも嫌だったが、ライラは彼が自分を花嫁にしてくれる気があるのなら、喜んで承諾しただろう。

とはいえ、結果的に、ルーファスがみんなに認められるようになってよかったと思う。それに、ルーファスもちゃんと人の心が取り戻せた。愛してると言ってくれたということは、人を信じることができるようになったということだ。

「そうだ。少し前に、おまえのために用意していたんだが……」

ルーファスは上着のポケットから何かを取り出した。ビロードの布が張ってある小さな箱で、それを開けると、中にダイヤモンドがいくつか並んでついている指輪が入っていた。

彼はそれをライラの左手の薬指に滑り込ませた。

「綺麗……。ありがとう、ルーファス」

「これで、おまえは私の婚約者だ。結婚式はなるべく早くがいいな。もちろん風邪が治ってからでいいが」

ルーファスはライラの肩を抱いて、額にキスをした。

「ああ、やっぱり少し熱があるな。寝ていないと。いや、それより医者を呼んだほうがいいかもしれない。この村には、いい医者がいるのか？　いないなら、私が町まで行って、連れてこよう」

彼がこれほど過保護《かほご》になるとは思わなかった。しかし、優しくされればされるほど、彼の言葉どおり本当に愛されているという実感が湧《わ》いてくる。

「医者なんて、どうでもいいのよ。それより……わたし、村の教会で式を挙げたいわ。それから、村中の人を呼んで、披露宴《ひろうえん》をするの」

「ああ、おまえの好きなようにしよう。だから、今は寝てるんだ」

ルーファスはライラをベッドに横たわらせた。そして、額に手を当てる。

目と目が合う。

熱が出ていようが、具合が悪かろうが、もうどうでもいいくらい、ライラは幸せだった。

ルーファスがふっと微笑んで、唇を重ねてくる。

彼はこの上なく優しいキスをしてくれた。

終章

それから、しばらくして村の教会で二人は結婚式を挙げた。もちろん、牧師である父が二人を結婚させてくれたのだ。

姉達は不平を言っていたが、領主と縁続《えんつづ》きになったのは嬉しかったようだ。だが、父の再婚の話を聞いて、またもや不機嫌になっているらしい。とはいえ、彼女達もいずれ結婚するだろう。

ライラはできれば姉達も早く結婚してもらいたかった。彼女達が傍《そば》にいると、父が幸せになれないような気がしたからだ。

式の後、広場でお祭りのような披露宴が行なわれた。みんなでご馳走《ちそう》を食べて、酒を飲んで、音楽に合わせて踊っている。ライラも白いドレスの裾《すそ》を翻《ひるがえ》して、ルーファスと共に踊った。

何もかもが幸せで……。

夜になり、二人は馬車に乗って、領主館に戻った。ライラは結婚するまで牧師館にいたので、久しぶりに帰ってきたのだった。

村の披露宴から一足先に戻っていた召使い達は、改めて二人を迎えてくれた。

ここに初めて来たときのことを、ライラは思い出した。

気難《きむずか》しそうなセレン。獣の仮面をつけたルーファス。館の床を磨《みが》いた日々。朝から晩まで働いて、屋根裏部屋で眠ったことも思い出した。

そして、ルーファスに身体を奪われ、愛妾と呼ばれる立場になった。姉達に嫉妬して、館を自ら離れたものの、ライラはこうして花嫁として戻ってきたのだ。そう思うと、感無量になる。

みんなが口々に、温かいお祝《いわ》いの言葉を言ってくれた。

「おまえはもう、領主夫人なんだ。誰にもおまえの立場を非難させたりしない」

ルーファスの温かい言葉に、ライラはほろりとした。

ライラの部屋は以前と同じだった。元々、ライラの部屋は領主夫人の部屋だったのだ。愛妾の自分が夫人のためにつくられた部屋を使うのはおこがましいと思ったが、今は堂々とこの部屋にいられる。もっとも、ベッドはほとんど使う機会はないかもしれない。

ライラはルーファスの寝室にあるベッドを思い出して、微笑んだ。

「今日は私がおまえの世話をしてやろう。おいで、ライラ」

ルーファスに支度《したく》部屋に連れていかれて、ドレスの背中のボタンを外《はず》される。ドレスを脱がされると、なんだか心細い気分になった。ルーファスの前で脱ぐのは、久しぶりだからだ。

彼はライラの結《ゆ》い上げた髪を解《ほど》いて、背中へと流した。そして、コルセットの紐《ひも》を解いた。

ひとつひとつ、身を守っていたものがなくなっていく。しかし、少しずつ無防備《むぼうび》な姿になっていく自分を、ルーファスが優しい目で見ていることに気づき、ライラはほっとした。

無理やり純潔を奪われたときとは違う。彼の気持ちも、わたしの気持ちもあのときとは違うのよ。

ルーファスはとうとうライラの着ているものをすべて取り去ってしまった。彼は目を輝かせて、ライラの裸身《らしん》を見つめる。

「そんなに見つめられたら、なんだか恥ずかしい……」

「私はおまえを賞賛しているんだ。こんな美しい花嫁を自分のものにできて、本当に幸せだ」

「わたしなんか、大して綺麗じゃないのに」

ルーファスは眉を上げて、首を横に振った。

「おまえの姉達のように、金髪や緑の目だけが美しいわけじゃない。おまえは充分に美しいよ。姉達にない気立てのよさ、それから頭のよさがあるから、おまえのほうがずっと美しいんだ」

ルーファスはライラの髪に手を触れた。

「この髪……。私はこの髪の色が好きだ」

彼は髪を一房《ひとふさ》摘《つま》むと、それに優しくキスをした。

「そ、そうなの？」

「何しろ、おまえの髪の色だからな」

つまり、それほどわたしのことを好きだということかしら。

ライラは気持ちがすぐさま舞い上がりそうになった。愛している人に、そんなふうに言われて嬉しくない女はいないだろう。

「はしばみ色の瞳も好きだ。この瞳に見つめられると、いつも幸せになれる」

「本当に……？」

ライラが彼を見つめると、彼は本当に幸せそうに微笑んだ。

「ずっと前から……たぶん初めておまえを見たときから、虜《とりこ》になっていた。嫌な予感がしたものだよ。おまえのような若い娘を奉公に出せと言うんじゃなかったと後悔《こうかい》したんだ」

「わたしはあなたを初めて見たとき、息が止まるかと思ったわ。あんな仮面をつけているんだもの」

ルーファスはあのときのことを思い出したように、笑い声を上げた。

「食われるかと思ったのか？」

「笑い事じゃなくて、本当にそういう噂だったのよ。仮面の下の顔を見て、なんて綺麗な人だろうと思ったわ」

「傷跡は気になっただろう？」

今度はライラが首を振る番だった。

「全然。悪いけど、あなたが気にするほど、威力《いりょく》はなかったみたいよ。わたしだけじゃなくて、みんなそうだったじゃないの。村の女性は全員あなたの魅力に惑《まど》わされて、ぼんやりしてたわ」

「それはオーバーだな。傷跡を見ないようにしていた女性もいたよ。だが、おまえがそうでなくてよかった」

ライラはにっこりして彼に抱きついた。

「ねえ、ここじゃなくて、ベッドがいいわ」

「ああ……そうだな」

ルーファスはライラを抱き上げて、自分の寝室へと連れていった。そして、ベッドに静かに寝かせた。

「あなたも脱いで」

「奥方様は注文が多いな」

そう言いながらも、ルーファスは着ているものを一枚一枚、脱いでいく。傷跡が見えたが、ライラは気にしない。いや、気にしないというより、そこに触ったり、キスしたりしたくなってくる。

けれども、もうそんなことをしなくても、とっくに傷跡は癒《い》えているのかもしれない。そうでなければ、今日のような結婚式はできないだろう。何しろ、村中の人がやってきて、お祝いをしてくれたのだから。

すべて脱ぎ去ると、彼はライラが横たわるベッドに、自分も横になった。彼の笑顔が眩《まぶ》しい。胸の奥から、彼と一緒にいることの幸せが込み上げてきた。

「ライラ、愛してる」

ルーファスは唇を重ねてきた。

たちまち身体が熱くなってくる。やっと自分は彼の花嫁になることができたのだ。純粋な喜びで胸がいっぱいになる。とにかく、ライラは彼が好きでならなかった。ずっと自分だけのものにしたかったのだ。

身体も。そして、心も。すべてが彼を求めていた。

二人は飽くことなく、何度もキスを交わした。キスだけで終わるわけではなく、先も長いのに、自分達はどうかしているかもしれない。どうにもならないほど、身体が燃え上がっている。けれども、今はまずキスをしていたかった。

何度も。何度も。唇を交わす度に、喜びが湧いてくる。

彼の愛情を感じるから、尚更《なおさら》だった。

そういえば、お互いに相手を愛していると告白してから、初めてベッドに入るのだ。だから、なんとなく今までとは違うような気がしていたのだ。

唇が、今度は首筋に這《は》っていく。

「ルーファス……。ああ……ルーファス」

身体がゾクゾクしてくる。どんな抱かれ方であってもいい。ライラはただ彼を求めていた。こうして身体が重なっていると、なんだかたまらなくて、思わず腰を彼の股間に擦《こす》りつけてしまった。

「悪い子だ」

ルーファスはにやりと笑った。

「だって……」

「我慢《がまん》ができないか？」

彼の手がライラの太腿《ふともも》を撫で回している。ライラは呻きながらも、もっとたくさんの愛撫が欲しいと思った。

「キスして……。身体のあちこちに……キスしてない場所がないくらいに」

「ああ、おまえの言うとおりにするよ」

ルーファスは本当にライラの身体の隅々《すみずみ》まで、丁寧にキスを施《ほどこ》した。乳房《ちぶさ》にもたっぷり唇を這わせられ、その薔薇《ばら》色《いろ》の頂《いただき》が口に含まれる。彼の舌を感じて、ライラは彼の背中に爪を立てるところだった。

ライラの身体には敏感なところがたくさんあった。ルーファスはそれを全部知っているからこそ、わざと焦《じ》らすような愛撫を施していく。

彼が欲しい。その気持ちが次第に高まってくる。

ライラの腰がひとりでに動き出す。ルーファスはくすっと笑って、それを止めると、ライラの脚を大きく開いた。

ルーファスは秘《ひ》められた場所を眺《なが》め、そしてキスをしてきた。

「あっ……あんっ……あっ」

こんな淫《みだ》らな声を出したいわけではなかった。けれども、どうしても口をついて溢れ出てきてしまう。もう、自分でもどうしようもないのだ。ルーファスはわざとこんな声を出させようとしているのかもしれない。

彼の唇が、舌が、そして指が敏感にライラを追いつめていく。彼はライラを感じさせることが、自分の欲望より重要だと思っているようだった。ライラにとっては、どちらも重要なのだが。

ルーファスはライラの中へと、指を一本、忍び込ませた。ライラは思わずその指を締めつけてしまう。

ルーファスはくすっと笑った。

「そんなに待ち遠しかったか？」

「だって……ずっと抱いてくれなかったから……」

「おまえのために我慢したんだ。花嫁をこの手に抱くまでは禁欲しようと決めていた」

つまり、あれからライラ以外の誰とも、ベッドを共にしていないのだ。彼を信じていたものの、改めてそれを聞かされて、ライラは満足だった。

やはり、自分だけのルーファスでいてほしい。そして、自分もまたルーファスだけのライラになる。

指を抜き差しされながら、敏感な芽《め》の部分に舌を這わせられる。ライラの身体はそのうちにビクビクと震え出した。強烈な快感がライラを追いつめている。

身体の熱が一気に噴き出しそうになっていたのに、突然ルーファスは彼女を中途半端に放り出した。

キスをやめて、一旦、ライラから身体を放したのだ。

えっ……どうして？

ライラはその理由が判らなかった。しかし、すぐにルーファスが腰を密着させてきたとき、彼はもう我慢ができないのだと判った。一刻も早く、ライラの中に入りたいのだろう。

彼のものが侵入してくる。ライラは久しぶりの感覚に、身が焼かれそうなくらい熱さを感じた。身体がわけもなく震える。寒いわけではなく、彼を受け入れることに、感動があったからだ。

それほど、ライラは彼を求めていた。

「ルーファス……」

ライラは彼が奥まで入ってくると、両手を広げて、彼の身体を抱き締めた。

肌と肌が触れ合う。なんて心地いいのだろう。ルーファスが自分のものなのだと思うと、心から彼を大切にしたくなってくる。

いとおしさが込み上げてきて……。

ライラは両脚を彼の腰に巻きつけてしまった。

彼が何度も何度も奥まで貫《つらぬ》いていく。ライラはその度、喘《あえ》ぎ声を上げていた。身体の隅々まで甘ったるい快感に侵《おか》されている。そして、その感覚が次第に膨らんできて、どうしようもないほど大きくなっていた。

ライラは彼の首に腕を巻きつけた。

唇が重なる。彼はライラの唇を貪《むさぼ》った。

ぐっと腰を突き入れられて、ライラは絶頂《ぜっちょう》へと上りつめた。

「あぁっ……！」

目も眩《くら》むような快感が押し寄せてきた。それに流されていきながらも、しっかりと彼の身体にしがみつく。彼もまたライラの中で熱を放った。

なんて幸せなんだろう。

ライラは彼の背中に掌を這《は》わせた。背中にも傷跡があるが、そんなことは、もうどうだっていい。

「愛してる……」

ライラは彼の囁きを耳にした。

「わたしも……」

彼が人であろうと、獣であろうと。たとえ、何かで道を踏み外したとしても、変わらず愛し続けていく。

ライラは彼の温《ぬく》もりの中、そう決心していた。


カーテンの隙間から朝の光が入ってきていた。

ライラは目を開けて、傍《かたわ》らで眠っているルーファスを見つめた。彼の金褐色の髪がきらきらと光っている。いとおしさが胸に迫り、ライラは幸せな気分になった。

こんな幸せが待っているなんて、この館にやってきたときは想像もしなかった。

獣の領主様に食い殺されるかもしれないと本気で恐れていたなんて、今考えれば、本当におかしい。

ルーファスの瞼《まぶた》が動き、目が開いた。ぼんやりしていたが、瞳は確かにライラを見つめている。彼はうっすらと微笑んだ。

「不思議だな。おまえと朝日の当たるベッドの中でこうして過ごしているなんて」

頻繁《ひんぱん》に彼とベッドを共にしていた頃は、こんな時間には起きていなかったからだ。朝のこんな時間は清々《すがすが》しい雰囲気があって、それをルーファスと共有しているのが嬉しかった。

「庭へ散歩に行かない？」

ルーファスはくすっと笑って、手を延ばして、ライラの頬を撫でた。

「新婚の夫婦が、どうして初夜の翌朝に、庭の散歩に行かなくちゃいけないんだ？」

「だって、気持ちのいい朝ですもの」

「庭の散歩なんて、いつでも行ける」

ルーファスはライラのうなじに手をかけて、引き寄せる。そして、すかさず唇を奪った。

彼のキスはうっとりするほど甘くて、たちまちライラの気持ちは彼のほうへと向いていく。

舌を絡められると、もう散歩どころではなかった。身体に火がつくと、すぐに彼に愛撫してもらいたくなってくる。唇が離れた後も、火照《ほて》った身体は元には戻らない。

「もう……。ひどいわ」

「そうかな。私はおまえが欲しい。まだベッドから離れたくないんだ」

ルーファスの情熱を秘めた瞳を見ていると、ライラも同じ気持ちになってくる。どのみち、身体にはもう欲望の火をつけられてしまっていた。

彼に触れられたい。彼にキスされたい。自分でも驚くほど、欲望は深いのだ。

「わたし達、獣の夫婦みたいね」

ルーファスは微笑んだ。

「そうかもしれないな。だが、この獣は妻しか愛さない」

ライラはドキッとした。

「わたしも……夫しか愛さないわ」

ルーファスはライラを自分の胸へと抱き寄せた。

もう何度も彼に抱かれているのに、妻となってからは感じ方が違う。それならば、彼もまた以前と違う感じ方をしているのかもしれない。

「ライラ……」

ルーファスはライラの髪を撫でた。彼の手は頬に移動し、それから優しく顔を上げさせる。

彼の瞳はきらめいていて……。

とても幸せそうに見えた。
「愛してる。永遠に。誰よりも」
誓いのキスのように、彼の唇が近づいてくる。
ライラはそっと目を閉じて、彼の唇が触れるのを待った。
何もかも、すべては愛のために。
限りない優しさがライラを包んでいた。

END

あとがき

こんにちは。水島忍《みずしましのぶ》です。今回の「美獣の領主に囚われた乙女」はいかがでしたでしょうか。気に入っていただけると嬉しいです。

このお話のモチーフは、もちろん「美女と野獣」です。このネタで小説を書きたいと思ったのは、実は八年も前のことでした。当時は、今のような乙女系ジャンルがなかったので、現代もののボーイズラブで。でも、そのときの(他社)編集さんに「それって……面白いですか?」と言われて、あえなく挫折《ざせつ》したのでした。

八年前は胸を張って「面白いです!」って主張できなかったけど、今なら言えます。だって、恐ろしい野獣の棲《す》む館に主人公が強制的に住まわせられるなんて、めちゃめちゃエロ設定ですよね。

もっとも、私の書く領主様ことルーファスは、決して心優しき野獣なんかではないですけど。それどころか、ひねくれてるし、かなりひどい奴《やつ》です。ルーファス視点でも書いているので、彼の気持ちの変化も判っていただけるかと思いますが、それにしたって、最初はライラを弄《もてあそ》んで捨てるつもりだったという……。まあ、なんというか、けっこうヤンデレさんですよね。

ライラは純真だけど、騙《だま》されやすいお馬鹿《ばか》さんです。でも、何事も一生懸命なんですよ。気立《きだ》てがよくて、お人よし。ルーファスはさんざん抵抗しますが、結局、彼女を愛してしまいます。もう、可愛くて仕方ないという感じで、溺愛《できあい》しちゃったりして。

ライラは人食《く》い領主の生贄《いけにえ》になったり、身体を弄ばれたり、愛妾《あいしょう》にさせられたり……かと思えば、身分違いやら、いろんなことで悩んだり……。大変なのです。けど、初恋の領主様と結ばれたから、めでたしめでたしってことで。まあ、お姉さん達にはまだまだ苦労させられそうですけどねー。

脇キャラはいろいろ出てきましたが、私が気になるのはジュークではなく、ノースです。一途《いちず》な下僕《げぼく》(笑)。でも、彼には何か裏の顔がありそうだと思いませんか?

さて、今回のイラストは旭炬《あさひこ》先生です。キュートなライラに、意地悪な美形ルーファス。カバーイラスト、とってもドキドキしますよね。イメージどおりの素敵なイラストを、どうもありがとうございました!

それでは、皆様、もし感想などありましたら、送ってくださると嬉しいです。

水島　忍

マリーローズ文庫をお買い上げいただき、ありがとうございます。この本を読んでのご意見・ご感想・ファンレターをお待ちしております。

☆あて先☆
〒113-0033　東京都文京区本郷3-40-11
コスミック出版　マリーローズ編集部
「水島 忍先生」「旭炬先生」
または「感想」「お問い合わせ」係

美《び》獣《じゆう》の領主《りようしゆ》に囚《とら》われた乙女《おとめ》

【著者】　水島《みずしま》 忍《しのぶ》
【発行人】　杉原葉子
【発行】　株式会社コスミック出版
〒113-0033　東京都文京区本郷 3-40-11
【お問い合わせ】　- 営業部 -　TEL 03(5844)3310　FAX 03(3814)1445
- 編集部 -　TEL 03(3814)7534　FAX 03(3814)7532
【ホームページ】　http://www.cosmicpub.com/
【振替口座】　00110-8-611382
【印刷／製本】　中央精版印刷株式会社